黙示録論

A p o c a l y p s e

ほか三篇

D・H・ロレンス評論集

D・H・ロレンス

井伊順彦＝訳

論創社

目次

黙示録論

D. H. Lawrence

Apocalypse (1931)

I

アポカリプスとは、あっさりいえばヨハネの黙示録のことだ。だがこの一篇はあっさり片づけられる代物ではない。過剰なほど神秘の衣《ミスティフィケーション》をまとった記述に、実のところ何が黙示されているのか、人は二千年近くも頭を悩ませてきた。現代精神は概して人を煙に巻くような言辞《ミスティフィケーション》を嫌う。それゆえ聖書のなかで最も人目を惹かぬ箇所は黙示録だということになる。

黙示録についてまずわたしが感じたのはそういうことだ。ごく幼いころから大人になるまで、非国教徒の家庭に育った子どもの例にたがわず、日ごとわたしは自分の無抵抗の意識に聖書の中身を注ぎ込まれた次第で、しかもほぼ満杯になるまでそれが続いた。まだ判断力はおろか、ささやかな理解力も身についていないうちから、この聖書の言葉、聖書の〝細切れ《ポーションズ》〟が注水治療《ドゥーシュト》よろしく精神と意識に注がれ、体内に染み込んでゆき、感じ方や考え方の流れをすべて決める力を持つにいたった。だからわたしとしては、当の聖書の中身はもう〝忘れた〟が、ほんの一章でも読み始めると、腹立たしいほどしっかり〝憶えている〟ことを思い知らされる。しかも正直なところ真っ先に湧いてくる感情は、反発であり嫌悪であり憤懣でさえある。わが本能は聖書に憤っている。

理由はもはや明白だ。細切れの聖書が、日ごと年ごとに否でも応でも、吸収できるかどうかにはおかまいなく幼稚な意識へと注入されていたばかりか、平日学校でも日曜学校でも家庭でも少年禁酒団でもキリスト教青年共励会でも、日ごと年ごとに一方的な立場から講釈されていた、それもつねに道徳の教科書のごとく講釈されていたからだ。演壇の神学博士にしろ、わたしが通っていた日曜学校の教師だった大きな鍛冶屋さんにしろ、聖書解釈の仕方はそっくり同じだった。地面が無数の足跡に硬く踏みならされているように、聖書の一語一語が意識へと踏み固められたばかりか、その足跡は判で押したようにどれも等しく、解釈は決まり切っていたので、真摯な興味は消え失せた。

過程は自らの目的をくじいてしまうものだ。ユダヤ人の詩が感情や想像力に浸透し、ユダヤ人の道徳観が本能に浸透するうち、精神は意固地で反抗的になり、しまいには聖書の権威をまるごとはねつけ、ある種の嫌悪感もあらわに聖書から顔をそむける。これこそわが世代に属する多くの人々の現況だ。

さて、一冊の書は測りがたい存在である限り命脈を保つ。測りつくされるや命脈を絶たれる。同じ本でも、五年後に読み直してみるといかに趣が異なるか、それは驚くばかりだ。なかにはとてつもなく成長する本もある。以前とはまるで別物だ。目を見張るほど変わったので、読む側としては自分自身が別人になったのかと疑いたくなる。また逆に、以前よりずっと貧弱になる本もある。わたしは『戦争と平和』を読み直してみて、およそ心を動かされるところのない作品だとわかってがっかりした。かつてはあれほど夢中になったのに、今はそんな心境にはなれぬと考えると、打ちのめされんばかりになった。

これが実情だ。ひとたび測りつくされるや、ひとたび知りつくされ、意味が固定ないし定着するや、書物は終わりを迎える。受け手の心を動かす力を、しかも違ったかたちで動かす力を有するあいだは、生きていられるのだ——読むたびに受け手の目に違ったものに映る限りは。いっぺん読めば魅力が尽きる底の浅い本があふれているために、どの本も似たり寄ったりだ、いっぺん目を通せば用済みだと、現代人は思ってしまいがちだ。だがそうではない。この点も現代人は次第に理解してゆくだろう。本から得られるまことの喜びは、同じ本を繰り返し読み、別の意味を、別の段階の意味を見出すことにある。これもやはり価値観の問題だ。わたしたちは氾濫する本に埋もれてしまい、本とは貴重なもの、宝石や美しい絵のように貴重なものであり、その秘奥《ひおう》を見極めようと努めるたびに、ますます感慨深い経験をするのも可能だということをもはやろくにわかっていない。六冊の違った本を読むより、間を置きながら一冊の本を六度読むほうがはるかに好ましい。なぜならもしある本が六度読むに足る内容を蔵しているなら、受け手としては読むたびに経験が深まり、情の面も知の面も含めた全霊が豊かになるだろうからだ。一方、六冊の本を一度ずつ読むだけなのは、単なる薄っぺらな興味の積み重ね、現代の日々のわずらわしい積み重ねで、まことの価値を欠いた量の勝負にすぎない。

ここで読者もまた二派にわけることが可能だろう。娯楽やはかない興味のために本を手に取る広汎な大衆と、自分にとっての価値が認められる本、すなわち経験を、いっそう深い経験をもたらしてくれる本を求めるごく少数の人々だ。

聖書は、意味を勝手に固定されてしまったため、読者にとって、ないしは一部の読者にとって、ひととき殺された本だ。薄っぺらな意味あるいは俗っぽい意味での聖書の死を、わたしたちはいやというほど知らされたので、もはや聖書からは何も得るものを見出せない。なお困ることに、今や本能と化したともいえそうな旧習によって、聖書はいとわしくてならぬ物事の感じ方を押しつけてくる。こちらとしては大嫌いなのだ、聖書が当然のように押しつけてくる〝教会堂《チャペル》〟や日曜学校流の感情が。そんな卑俗なるものは、ことごとく追い払いたい――なぜならまさに卑俗なるものだからだ。

聖書全篇のうち最もいまわしい一篇は、ふつうに読む限り黙示録だ。十歳にも満たぬうちに、わたしは意味もわからず真剣にもなれぬまま、黙示録を十回以上も聴いたり読んだりしていたはずだ。そうして意味もわからず、またわかろうともしないまま、この一篇を心から嫌い続けていたはずだ。牧師であれ教師であれ一般人であれ、聖書を手に取る者が敬虔めかして、これ見よがしに、しかつめらしく、もったいぶって朗々と読むのが、わたしはごく幼いころから、意識こそしなかったものの、いやでたまらなかったに違いない。いかにも〝牧師さま〟ふうの声が心の底から嫌いだった。黙示録のある部分をえらそうに読み上げるとき、その声は決まってとりわけひどくなった。わたしにとっては今でも心を惹かれるくだりでさえ、思い出すと寒気がしてしまう。非国教派聖職者の大仰な朗読の声が耳に残っているからだ。「われまた、天の開《ひら》けるを目の当たりにしたるに、見よ、白き馬あり。それに乗りたる者は」――ここで記憶がいきなり途切れ、続く言葉をわざと消し去ってしまった――「信義厚く誠実なりと称せられし」[「ヨハネの黙示録」第十九章第十一節]。幼いながら、わたしは寓話をいやらしいと感じた。この白馬にまたがる者が〝信義厚く誠実なり〟と称せられるように、人間が単なる属性で呼ばれるとは。同じ意味で、わたしには『天路歴程』(1)はどうしても読み切れなかった。少年のころ、「全体は部分より大なり」とエクレイデス(2)に学んだとき、これで自分にも寓話の問題は解けるぞとぴんときた。人間はキリスト教徒以上の存在だし、白い馬にまたがる者は単に信義厚く誠実なる者以上の存在に違いない。ただの属性の権化にすぎぬならば、人間はわたしにとってはもはや人間ではない。若いころのわたしは、エドマンド・スペンサー(3)やその代表作『妖精の女王《フェアリー・クィーン》』(一五九〇、一五九六)が大好きだったというに近いが、あの寓意だけは飲み込もうにも胸のところで詰まった。

だが黙示録は、ごく幼いころから今にいたるまで、わたしの性には合わない。まず第一に、あの目もくらむばかりの心像表現《イメジャリー》は、とことんわざとらしくて不愉快だ。「御座《ござ》の前に水玉《クリスタル》のごとき浄玻璃《じょうはり》のごとき海あり。御座のまなかと御座のまわりに、前も後ろも目に満ちたる四《よ》つの生き物あり」[「ヨハネの黙示録」第四章第六節]

「第一の生き物は獅子のごとく、第二の生き物は牛のごとく、第三の生き物は人さながらの面《おもて》を持ち、第四の生き物は空飛ぶ鷲のごとし」［同第四章第七節］「四《よ》つの生き物、各自に六《む》つの翼あり。翼の内は目に満ちたり。(4)この四つは日《ひる》も夜もたえず言う、『聖なるかな、聖なるかな、聖なるかな、昔おわし、今おわし、のちにおわしたもう主なる全能の神』」［同第四章第八節］

こうしたくだりは大げさでわざとらしいため、わが少年の心をいらだたせたし困らせた。もしこれが心像表現だというなら、心に像が浮かびえぬ表現だ。なぜなら、〝前も後ろも目に満ちたる〟四生物など、どうしてこの世にありうるのか。またどうして「御座のまなかと御座のまわりに」ありうるのか。同時に二箇所にあるわけがない。だがアポカリプスの記述とはこんな具合だ。

さらにいえば、心像表現はたいてい詩情を欠いて一人よがりな代物であり、かつなかには実に見苦しい箇所もある。たとえば、血の修羅場をくぐったのたぐい［同第十六章第三～四節、第十八章第二十四節など参照］や、騎手の血に染まった衣［同第十九章第十三節参照］や、小羊の血で洗い清められた人々［同第五章第九節、第七章第十四節参照］など。また、〝小羊の怒り〟［同第六章第十六～十七節］といった句は一見してばかげている。だがこれこそが非国教徒の教会堂《チャペル》や英米の全礼拝堂《ベテル》、(5)全救世軍のご立派な言葉遣いであり心像表現なのだ。しかも活気ある宗教は、時代を問わず、無教育な人々のあいだに浸透していると言われる。

その無教育な人々のあいだに、黙示録は今なおはびこっているさまが目につこう。実のところ黙示録は福音書や偉大な使徒書簡にまさる影響力を保ってきたし、いまだ保っているかもしれない。火曜の夜、もう暗い冬の夜に、大きな納屋然としたペンテコステ教会《チャペルズ》に集《つど》った炭坑夫やその妻たち会《え》衆《しゅ》は、王や統治者、水の上に座する淫婦［同第十七章第一節参照。正確には〝大水の上に座せる大淫婦〟。大淫婦とは悪魔や悪魔的なるものを表す］に対する弾劾演説を聴き、なるほどもっともだと感じ入っている。さらには大文字の名、すなわち〝奥義《ミステリ》、大いなるバビロン、地上の淫婦やいまわしき事どもの母〟［同第十七章第五節］は、かつてスコットランド清教徒の小作人や、初期キリスト教徒のなかで気の荒い向きに対した場合と同じく、今日でも炭坑夫連中の心を震わせている。息をひそめて暮らしていた初期キリスト教徒にとって、大いなるバビロンとは自分たちを迫害していた大都市にして大帝国ローマのことだった。そのローマを責めたて、諸王や富や威厳もろとも苦悶と破滅の声を上げるべくしむけるのは、胸のすく思いだった。宗教改革ののち、バビロンは再びローマと同一視されるようになったが、とくに今度は教皇を指す言葉となり、新教徒《プロテスタント》やらイングランドおよびスコットランドの非国教徒やらのあいだでは、聖ヨハネに対する非難の声があからさまに響き渡った――〝大いなるバビロン倒れたり、倒れたりて悪魔の住《すみ》処《か》、もろもろの邪《よこしま》なる魂《たま》の砦《とりで》、もろもろの汚れたるいまわしき鳥の檻となれり〟［同第十八章第二節］。今日でもこうした言葉は遠慮なく口にされており、なかでもときには、自信を取り戻しつつあるかに見える教皇やカトリック教徒に投げつけられている。だが現在ではそれよりも、バビロンとは裕福で邪悪な人々、つまりロンドンやニューヨーク、とりわけひどいパリ、ともあれ漠然たる遠隔の地でぜいたくと色欲にふける日々を送り、死ぬまで一度たりとも〝教会堂《チャペル》〟に足を踏み入れぬ人々を指す場合のほうが多い。

もし貧しく、かつへりくだるところがなく——貧しき者は卑屈ではありえても、キリスト教流の意味で真に謙虚な存在であったためしは皆無だ——自分にとっての大敵をとことん打ち負かして追い払い、自分は栄光の座に昇りつめるつもりでいるなら、まことにけっこうなことだ。そうした話がどこよりお見事なほど記されているのがまさに黙示録だ。イエスの目に映った大敵は、律法の一言一句にやたらこだわるパリサイ派だった。だがパリサイ人は炭坑夫や工場労働者にとってあまりに縁遠く捉えがたい存在だ。街角に立つ救世軍はパリサイ派についてめったにまくしたてたりしない。いかにも興味ありげにしゃべることといえば、小羊の血やバビロン、罪、罪びと、大淫婦、禍害《わざわい》なるかな、禍害なるかな、禍害なるかなと叫ぶ主の御使い《エンジェルズ》［「ヨハネの黙示録」第八章第十三節参照］、恐るべき災いの種を次々と地上に注ぐ鉢［同第十六章参照］などだ。なかでもとくに、罪から救われ、小羊とともに御座に落ち着き、栄光を身にまといつつ世を統《す》べ、不滅の命［「ヨハネによる福音書」第三章第十六節］を享受し、真珠の門［「ヨハネの黙示録」第二十一章第二十一節］をかまえた碧玉《へきぎょく》［同第四章第三節］の壮麗な都、すなわち〝日月《じつげつ》の照らすを要せぬ〟［同第二十一章第二十三節］都に住むことだ。救世軍の話に耳を傾けると、われらは大きな存在になると連中が言っていることがわかろう。なるほど見上げるほどの存在にはなろう、ひとたび天国に達すれば。すると次に、世の仕組みさらにそれからお偉いお方よ、汝バビロンよ、おのれも連中は示してくれるだろう。さらにそれからお偉いお方よ、汝バビロンよ、おのれが分相応のところへ送り込まれるのだ、すなわち地獄と硫黄〔「創世記」第十九章第二十四節の〝地獄の業火〟参照〕へと。

終始こんな調子で記してあるのが黙示録だ。このごたいそうな一篇を二、三度読めばわかるとおり、明らかに聖ヨハネは選民すなわち神に選ばれし者を除く全員を殲滅・一掃し、自らは神の御座へよじのぼらんと、複雑にして遠大な計画を立てていた。教会堂《チャペル》に集う人々は、非国教主義とともに、神に選ばれし者というユダヤ的観念を受け継いだ。われこそは〝天下一《イット》〟なり、選民なり、〝救われたる者〟なり。またこの人々は、選ばれし者による最終的な勝利および統治というユダヤ流観念をも受け継いだ。社会の敗者《ボトムドッグズ》が勝者《トップドッグズ》の座へと駆け上ろうとしたわけだ――つまり天国で。現実には御座につけずとも、御座についた小羊のひざに乗ろうとした。これこそ救世軍から、また礼拝堂《ベテル》やペンテコステ教会堂《チャペル》で、夜にはいつでも聴ける教義だ。中心はイエスでないにせよヨハネであり、福音書でないにせよ黙示録だ。深い思想にもとづく宗教とは別物の通俗宗教だ。

Ⅱ

ともあれわたしが少年のころには通俗宗教だった。振り返ってみると、無教育な指導者連、なかでも原始メソジスト派教会《チャペルズ》［正式にはチャペルズではなくチャーチ］の者たちには妙な自尊心が感じられ、わたしは子どもなりに不思議な気がしていた。こうした人々、すなわちまさに土地言葉を日常語とし、〝聖霊降臨祭《ペンテコステ》〟を司る炭坑夫は、およそ信心ぶったところがなく、舌先で人を操るわけでもなく、いやみな存在でもなかった。たしかに謙遜や自己弁護とは無縁だった。逆に、炭鉱から上がってくるなり、食卓にどっかり腰を下ろしていた。すると妻や娘が世話を焼こうと嬉々として駆け寄ってくる。息子は息子でさほど逆らいもせず父の言いつけに従った。家庭は粗野ではあったが不愉快ではなく、まさか教会人《チャペルマン》は天上から思い切り力をふるう権限を与えられているわけでもあるまいに、荒々しい謎ないし力を想わせる風変わりな雰囲気を漂わせていた。家庭愛というのではなく、粗野な、いささか野性的な、どことなく〝特異な《スペシャル》〟権力意識だ。夫は強い信念を持っており、妻はたいてい逆らわなかった。夫たちは教会堂《チャペル》を運営していたので、家庭も運営できた。こうしたことにわたしは驚きの目を向け、いささか嬉しい気もしたものだ。だがそんなわたしにさえ、これはどちらかといえば〝ありふれた〟ことに思えた。会衆派教会員《コングリゲーショナリスト》(6)であるわたしの母も、原始メソジスト教会には死ぬまで一度も足を踏み入れなかったはずだ。その母は夫に逆らうまいなどとは思いもしなかった。もし父がまこと厚かましい教会人《チャペルマン》だったら、母は父に対してもっとおとなしかっただろう。鉄面皮、これが教会人《チャペルマン》の顕著な特徴だった。それもいわば天上公認の特異な鉄面皮だ。今にして思えば、このたぐいの特異な宗教的鉄面皮ぶりは、かなりのアポカリプスに支えられていたわけだ。

あれから長い年月を経て、比較宗教や宗教史について多少とも読書を積み重ねたすえ、ようやくわたしも悟った次第だ、暗い火曜の晩になるとペンテコステ教会堂《チャペルズ》やボーヴェイル教会堂《チャペル》(7)に集う炭坑夫に、あれほど妙な特権意識や宗教的夜郎自大の感覚を掻きたててきた黙示録とは、なんと奇怪な代物であるかと。教会堂《チャペル》ではガス灯がシューッと鳴りながらあたりを照らし、炭坑夫たちが胴間声でしゃべりちらしている、そんな北中部地方の不可思議きわまる暗い夜。通俗宗教だ、永遠(!)に自尊と権力の、しかも暗黒の宗教。そこには〝妙なる道しるべの光よ〟《リード・カインドリー・ライト》(8)といった切実な声はない。

年を重ねるに従い、キリスト教には二種類あることを人は悟るようになる。すなわちイエスと〝汝ら互いに愛し合うべし〟[「ヨハネによる福音書」第十三章第三十四節]という掟に重点が置かれた教えと、パウロでもペテロでもイエスに最も愛されたヨハネでもなく、アポカリプスに重点が置かれた教えと。なるほどやさしさを核とするキリスト教は存在する。だがわたしが見る限り、それは今や自尊のキリスト教に、卑小なる者たちの自尊を核とする宗教に、すっかり押しのけられている。

もはや現実から逃れるすべはない。人類は貴族主義者と民主主義者という二陣営に末永く分類される。キリスト教紀元の生粋の貴族主義者たちは民主主義を説いてきた。生粋の民主主義者たちは真正至極の貴族階級に加わろうとしている。イエスは貴族主義者であり、使徒ヨハネもパウロもそうだった。大いなる温情と温和と愛他の精神、すなわち強さにもとづく温情と温和の精神を具えるには、大いなる貴族主義者たらねばならない。民主主義者に見出しうるのは、往々にして弱さにもとづく温情と温和の精神だろう。それは前者とは別物だ。しかし、たいてい一徹なところが感じられる。

今ここで取り上げているのは政治的党派の区別のことではなく、二種にわかれる人間性のことだ。すなわち、魂の強さを自覚している者と、弱さを自覚している者との区別だ。イエスやパウロ、かの偉大なヨハネはおのが強さを感じていた。パトモスのヨハネ〔「ヨハネの黙示録」第一章第九節参照〕は魂の奥底でおのが弱さを感じていた。

イエスの時代には、内面の強者たちはどの土地にあっても地上を支配する欲望を捨てていた。地上の支配と地上の権力から身を引き、別の人生形態に力を注ごうとした。すると内面の弱者たちは目を覚まし、度外れて思い上がるようになった。そうして〝一目瞭然たる〟強者、すなわち世俗の権力を握った者たちに対する憎悪をあらわにしだした。

こうして宗教、とくにキリスト教は二元性を持つにいたった。強者の宗教は克己《こっき》と愛を教えた。弱者の宗教は強き者、力ある者を倒せ、貧しき者に栄光あれと教えた。この世ではつねに強者よりも弱者のほうが多数派なので、第二種キリスト教が勝ちをおさめてきたし、今後もそうだろう。弱者は、支配されないなら、自ら支配するだろう。それで事は終わりだ。弱者の支配とは強者打倒！　だ。

聖書においてこの謳い文句の壮大な典拠となったのがアポカリプスだ。謙虚を装う弱者は世俗の力や誉れや富を地表から一掃し、そののちまことの弱者たる自らの手で世を治めんとするだろう。すなわち謙虚を装う聖者たちの至福千年《ミレニアム》［同第二十章第一～六節参照］の到来であり、考えれば身の毛もよだつ次第となろう。だが今日、宗教が標榜するのはこうしたことだ、強力かつ自由な生命をことごとく打ち倒し、弱者をして勝たしめよ、謙虚を装う者に支配者の地位を与えよ。弱者の自尊の宗教、謙虚を装う者の支配。これが宗教および政治に見られる現代社会の風潮《スピリット》だ。

III

そうしてこれが実質上パトモスのヨハネの宗教だった。〝内在証拠《インターナルエビデンス》〟(9)にもとづき、現代の学者連がアポカリプス執筆の年を紀元九十六年と特定している。当時ヨハネはすでに老人だったとされる。

さて初期キリスト教史にはヨハネが三人いた。一人目は、イエスに洗礼を施し、イエスの死後も長きにわたり命脈を保った特異な教義をはらんだある宗教、またはともあれ独自の宗派を創始したバプテスマのヨハネ。二人目は、第四福音書と複数の書簡を物したとされる使徒ヨハネ。三人目が、エフェソスに暮らし、ローマ帝国に対する宗教上の罪でパトモス島の獄舎へ送られたパトモスのヨハネだ。だがこの三人目は刑期を終えると島から出されてエフェソスに戻り、伝えるところではかなり命存《ながら》えたという。

長いあいだ、第四福音書の筆者とされる使徒ヨハネがアポカリプスをも物したと考えられていた。だがこの二篇は互いにまるで異質であり、筆者が同じことはありえない。第四福音書の筆者は明らかに教養ある〝ギリシア系〟ユダヤ人で、謎多き〝愛のこもった《ラビング》〟キリスト教における指折りの唱道者だった。パトモスのヨハネはすこぶる異質の人間性の持ち主だったに違いない。どう考えてもすこぶる異質の感情を鼓吹している。

読者が注意深く真剣に頁を繰ってゆけば、まことのキリストとも、まことの福音とも、キリスト教の独創的な息吹とも無縁でありながら、あるいは聖書のなかで最も効果があるかもしれぬような、深いところで重要なキリスト教理念がアポカリプスには示されていることがわかる。すなわちこの書の場合、キリスト教紀元を通じて、聖書各篇と比べて二流の人々に対する影響力がとりわけ大きかった。実際ヨハネのアポカリプスは二流精神の所産だ。国や世紀を問わず二流精神に強く訴えかけている。なんとも妙な話だが、この一篇は難解ながらも、一世紀以来キリスト教徒の大多数――大多数はつねに二流の存在だ――にとって最大の霊感の源となってきた。しかも恐るべきことに、今わたしたちが向き合っている相手はこいつだと思い知らされる次第だ。相手はイエスでもパウロでもなく、パトモスのヨハネだ。

キリスト教の愛の教義は、その精髄においても、一つの現実逃避だった。イエスでさえ、自身の〝愛〟が立証ずみの力に変わろうとすると、世を統《す》べるのは〝こののち《ヒアアフター》〟［〝来世に〟の意］にしようという気になった。こうして、こののち栄光に輝きつつ世を統べるというのが、キリスト教の根本になっていった。これはむろん今ここで《ヒア・アンド・ナウ》世を統べらんとする夢の破れたことの表れにすぎない。ユダヤ人はおとなしく時期を待とうとはせず、逆に現世を支配せんと心に誓った。そうして、紀元前二〇〇年ごろエルサレム神殿が再び破壊されたあとは、闘志満々たる無敵の救世主《メシア》が到来して世界を征服するさまを夢想しだした。キリスト教徒はこんな夢をキリストの再臨として受け入れた。すなわちそのおりには、異教徒の世界に決定的打撃を加え、聖徒の支配を打ち立てるべく、イエスが再び姿を見せるだろうというわけだ。パトモスのヨハネは、（およそ四十年間という）元来は穏当だった聖徒の支配期間を、一気に一千年というまとまった年数にまで延ばした。それゆえ至福千年なる観念が人間の想像界を捉えたのだ。

その結果、新約のなかにキリスト教にとっての大敵たる権力気質が忍び込んだ。見事に締め出しを食らわせてやったはずの悪魔が、まさにそのまぎわにアポカリプスを装って滑り込んでき、聖書の末尾に黙示録としてどっかり腰を下ろした。

というのも黙示録とは、この機会に一度だけ述べておくが、人間における不滅の権力意思やその神聖化やその最終勝利の黙示のことだからだ。信仰に殉じねばならぬにせよ、また目的達成までのあいだに全世界が破滅されねばならぬにせよ、それでも、それでもだ、キリスト教徒よ、汝は王として君臨し、かつての権力者どもをことごとく征伐しうるのだ！

これが黙示録の福音だ。

イエスがイスカリオテのユダを弟子の一人とするはめに陥ったのと同じく、新約のなかに黙示録が入り込むのも避けられぬことだった。

なぜか。人間の本性がそれを求めており、今後もつねに求め続けるものだからだ。

イエスのキリスト教精神はわたしたちの本性の一部に適するのみだ。波長の合わぬ部分がほかにずいぶんある。この部分にこそ、救世軍が示すとおり、黙示録があてはまる次第だ。

克己《こっき》や瞑想、自己認識、純粋倫理の宗教は、ただ個人のために存する。だが人が個人であるのは、ただ本性の一部においてのみだ。他の大きな部分では、人は集団だ。

克己や瞑想、自己認識、純粋倫理の宗教は個人のために存する。といっても全き個人のためにではないが。ともあれ人間性の個人的側面を表現している。むしろ人間性のこの側面を隔離している。一方で人間性の他の側面、つまり集団的側面を切断している。社会の最下層はつねに非個人的存在なのであり、ゆえにどうだ、別のかたちで表現された宗教が似合いではないか。

仏教やキリスト教やプラトン哲学といった克己の宗教は、貴族主義者、精神の貴族主義者のために存する。精神の貴族主義者は自己実現と奉仕活動に達成感を求めよう。貧者に対する奉仕。まあけっこうだ。だが貧者は誰に対して奉仕するのか。これこそ大問題だ。パトモスのヨハネが回答している。貧者は自身に奉仕し、自尊に精を出すだろう。ここでいう貧者とは単なる貧窮者のことではない。むしろ貴族的な単独性や孤立性とは無縁の、いかんともしがたいまでに〝凡庸な〟集団的気質の持ち主を指す。

一般大衆はこうした凡庸の人だ。キリストや仏陀やプラトンから求められるような、貴族的個性など気ほどもない。だから集団のなかでこそ動き回り、ひそかに自身の究極の自尊に力を注いでいる。これがパトモス派だ。

人は孤独になって初めてキリスト教徒や仏教徒やプラトン主義者たりえる。キリストの像や仏陀の像がこのことを証明している。他人とともにいると、たちまち差異が生じ、水準の別ができる。他の者たちと一緒になるや、イエスは貴族となり師匠となる。仏陀はつねに巨頭《ロード》仏陀であり、アッシジの聖フランチェスコ(10)は、大いに謙虚を心がけながら、実のところ弟子たちに対して絶対権力をふるう巧妙な手を用いている。シェリー(11)は仲間に対する貴族たりえなくば耐えられなかった。レーニンは粗末な服に身を包んだ暴君《ティラヌス》だった。

これが事実だ！　権力《パワー》は現存するし、つねに存続するだろう。二人ないし三人が集まれば［「マタイによる福音書」第十八章第二十節参照］、しかもとくに何かをしようとすれば、そこにたちまち権力《パワー》が生まれ、なかの一人が指導者、師匠となる。これは必然だ。

以上の現実を受け入れよ、先人の例にならい、人間には固有の力があることを認めよ、そうして力を称えよ、そうすれば多大な歓喜、高揚感が生まれ、秘められた力は力ある者から力劣る者へと移ってゆこう。力の流れは起きうる。こうした状況で、人は現在も今後も自身として最良の集団的存在を保ちうる。力ないし栄光の炎の存在を認めよ、すると自分のなかでも呼応する炎が燃え上がる。英雄に敬意を払い忠誠を誓うべし。すると自分も英雄らしくなりうる。これが男の法則だ。女の法則はまた違うかもしれないが。

だが逆のおこないに出れば、いったいどうなるか。力を認めなければ力は衰える。自分より偉い人間の力を認めなければ、自分も力を失う。だが社会は時代を問わず支配され統治されねばならぬ以上、大衆は権力の存在を否定する場に権威の存在を容認せねばならない。今や権威が権力に取って代わり、〝大臣〟や公務員や警察官が現れる。すると野心と競争によ る大混乱が起こり、大衆は互いの顔を踏みつけ合う始末となる。さほどに大衆は権力が怖くてしかたない。

レーニンのような人物は権力の壊滅をよしと信ずる大悪《グレートイービル》聖者だ。権力が壊滅されると、人間は口ではいえぬほどみすぼらしくなり、何もかも奪われ、そまつでみじめなはめに陥り、辱められる。エイブラハム・リンカーンは権力の壊滅をよしと信じかけている半悪《ハーフイービル》聖者だ。ウィルソン大統領(12)は権力の壊滅をよしと大いに《クワイト》信ずるすこぶる《クワイト》つきの邪悪聖者だ――しかし、自らを誇大妄想や神経衰弱をわずらったような専制政治へと駆り立ててもいる人物だ。聖者は例外なく邪悪になる――レーニンもリンカーンもウィルソンも、純粋な個人であり続ける限り真の聖者たるを失わないのだが。人間の集団自我に関わるなり、聖者は例外なく邪悪になる。そうして背教者になる。プラトンも同じだ。偉大な聖者は個人のためにのみ、つまり人間性の一面のためにのみ存する。というのも、深層においてわたしたち人間は集団的存在だからだ。その点はいかんともしがたい。集団自我は、全面的な権力関係のうちに生活し、行動し、存在を確保するか、またはそんな関係に背を向け、まわりといさかいを起こし、権力を滅ぼして自らも滅びんというみじめな生き方をする。

ともあれ今日、権力を壊滅せんとする意志は頂点に達している。前ロシア皇帝ニコライ二世[13]のような大王たち——〝大〟といっても地位の話だ——は、大衆の巨大な反対意志すなわち権力否定の意志に攻めたてられ、ぼんくらにも見えかねないはめに陥っている。近現代の王たちは存在を否定され、痴愚さながらの様相を呈する始末だ。権力を手中におさめても、権力破壊者にして白羽［臆病の意］の邪鳥《イービル・バード》でないなら、みな同じ目に遭う。とはいえ大衆が後押ししてくれよう。反権力の大衆、なかんずくその大半を占める凡庸なやからに、嘲笑と憐憫の対象にはとどまらぬ王をいただくことがどうして可能だろうか。

アポカリプスの精神はおよそ二千年にわたり命脈をつないできた。キリスト教の隠れた一面。今やおのれのやるべきことをほぼ終えたというところだ。というのもアポカリプスは力を崇拝しないからだ。強者を抹殺し、自ら権力を掌握せんとしているのだ、この弱者は。

イエスの教えに否定と欺瞞がひそんでいるからと、ユダは師を権力者に売り渡さねばならなかった。イエスは弟子たちとともにいるときも純個人の立場を保っていた。弟子たちとまじわることには交わっておらず、実のところ活動・行動をともにしなかった。終始イエスは孤独だった。いかんともしがたいほど弟子たちを戸惑わせ、場合によっては傷つけた。弟子に対する物理的権力支配者たることを拒絶した。ユダのような人物における権力崇拝の念は、師に裏切られたと感じた。そこで師を裏切り返したのだ、接吻をすることで(14)。同じように黙示録は四福音書に死の接吻をするため、新約に含まれねばならなかった。

Ⅳ

奇妙な話ながら、一共同体の集団意思は個人意志の土台を白日のもとにさらすものだ。初期キリスト教会あるいは各キリスト教共同体は、奇妙な権力に向かう奇妙な意志を早くからあらわにしていた。あらゆる権力を破壊し、それによって究極にして至上の権力を奪取しようという意志だ。この点は必ずしもイエスの教えによることではないが、弱き者、劣れる者の大多数には、どうも遠回しにそう言われている気がすると受け取られるのは避けられなかった。イエスの教えとは、無私の兄弟愛への逃避と解放だった——強者のみが理解しうる感覚だ。なおかつたしかにこの教えは、時を移さず弱者の共同体を勝ち誇った存在に仕立てた。

キリスト教共同体の意志は反社会であり、反人間にも近く、世界の終末や人類の破滅に対する狂おしい願望を当初からあらわにしていた。そのため、この願望がかなわなかったとき、支配やら主権やら人間の栄光やらを現世からことごとく駆逐し、聖徒の共同体のみを権力の究極的否定概念として、また至上の権力として残さんという断固たる決意をした。

暗黒時代〔ヨーロッパ中世のこと〕の終焉後、カトリック教会は再び人間的なるものとして、不徹底ならざる完全なるものとして世の前面に出てきた。すなわち播種期《はしゅき》や収穫期、冬至や夏至にそれぞれ順応し、かつ初期には兄弟愛と天性の支配権や光輝《ナチュラルロードシップ・アンド・スプレンダー》との均衡を巧みに保っていた次第だ。男はみな結婚生活で自分なりの王国を与えられ、女はみな自分なりの汚れなき領域を与えられた。教会の導きによるキリスト教徒の結婚は、真の自由、ないしは理想実現の真の可能性を求める一大制度だった。自由とは、充実し満足のゆく人生を送る可能性にほかならなかったし、今でもそれは変わりえない。結婚生活において、または大自然の周期をなす教会の儀式や祭礼において、初期カトリック教会は人々にこの自由を与えんとした。だがなんたることか、教会はほどなく前述の均衡を保ちそこね、世俗の欲をかくようになった。

そうして宗教改革が起こり、同じ事態が再び始まった。人間の現世権力を打ち倒し、大衆の否定権力に取って代わらせようと、キリスト教共同体がかつてのとおり動きだした。今日この闘いは激しさを増し、恐るべきありさまを示している。ロシアでは、現世権力の打倒が果たされ、レーニンを頭《かしら》にいただく聖者支配が始まった。

レーニンは聖者だった。聖者たる資質をすべて具えていた。今日でも当然ながら聖者として崇められている。だが人間の勇ましき力をことごとく殺さんとする聖者というのは、ズアオアトリの美しい羽を一本残らず毟《むし》り取らんとする清教徒と同じく、悪魔だ。まさに悪魔だ！

レーニンの聖者支配は実に酷い結果を生んだ。〝けもの〟［「ヨハネの黙示録」第十三章参照］すなわち皇帝たちの支配にもまして、〈汝〜するなかれ〉［「出エジプト記」第二十章第一〜十七節参照］という禁止事項が多くなった。そうなるのも必然だ。聖者支配は例外なく恐るべきものとならざるをえない。なぜか。人間の本性が聖者にはほど遠いからだ。人間の魂にある最重要の欲求、すなわちかつてのアダムふうの欲求は、自身の行動領域で、しかも広げられるだけ広げた領域で、支配者となり、巨頭となり、光輝ある存在となることだ。いかなる雄鶏であれ、おのれが落とした糞の上で鬨《とき》をつくり、きらめく羽毛を逆立たせることはできる。いかなる小百姓であれ、自分のあばら屋では、または多少きこしめしたおりには、誉れ高き小皇帝《ツァーリ》になりえよう。いかなる小百姓であれ、かつての貴族の威厳と栄華を、また皇帝《ツァーリ》の至上の光輝を極めていた。至上の支配者、統治者、光輝ある存在だった。自分たちの、自分たちだけの光輝ある存在であり、みなこの人物を自分の目で捉えていたかもしれない。この皇帝《ツァーリ》を！　こうした事態は人間の心の奥底にあるきわめて大きく強い欲求を満たした。人間の心は、光輝や栄華、矜持、尊大、栄光、主権を憑《つ》かれたように求め続ける。愛より強く、またはともあれパンより強く求めているかもしれない。偉大な王はみな、臣民を一人残らず本人の狭い世界での小君主にしてやり、想像の世界を主権と光輝で満たし、魂に満足感を味わわせてやっている。この世で何より危険なのは、おまえなんぞおりに入れられた動物並みにちっぽけなやつだと、一人前の男に思わせてしまうことだ。すると男は元気をなくし、実際ちっぽけなやつになってしまう。いやまったく、わたしはこんな人間だと自ら思うとおりの人間になるものなのだ、わたしたちは。男は長年にわたり、自分の男らしさや輝きを抑え込まれてきた。抑え込まれて、元気をなくしたり、いじけ気味になったりした。これは不道徳なありさまではないか。ならば男たちに何か手を打たせよ。

レーニンのような――あるいはシェリーや聖フランチェスコのような――偉大な聖者は、力《パワー》を持つ素のままの誇り高き自我には、畜生め《アナテマ》！　畜生め《アナテマ》！　と罵声を浴びせる一方で、あらゆる権力《マイト》および体制を念入りに打ち砕き、民草に対しては貧しくあれ、ひたすら貧しくあれ！　と頭を押さえつけるのみだ。なるほど現代の民主主義体制における民草は、まさしく、すこぶる、どこから見ても貧しいが、究極にして絶対の民主主義体制での生活こそ、金銭上ではどうであれ、絶対の貧窮に陥っている。

共同体は非人間的であり人間以下の存在だ。血も涙もなく感覚も鈍いため、しまいには危険きわまる暴君になる。アメリカやスイスのような民主主義体制ですら、長きにわたり、多少とも真の貴族精神を具えた英雄、たとえばリンカーンのような人物の呼びかけに応じることはあろう。人間の貴族的本能はさほどに強い。とはいえ、こうした英雄の呼びかけ、真の貴族精神にもとづく求めに進んで応じようとする風潮は、時の流れとともに、あらゆる民主主義体制で弱まりつつある。どの歴史を見てもそれは明らかだ。今では人々はある種の悪意まじりに英雄の訴えを退けている。これからは凡庸な暴力をむやみにふるう凡人の求めにのみ耳を傾けることとなろう――ひどい話だ。それゆえ、あきれるほど下等で、しかも卑劣でさえある政治家連が跋扈する次第だ。

気概ある人々が集まれば一つの貴族主義体制ができあがる。〈汝～するなかれ〉で成り立つ民主主義体制は弱者の集合体とならざるをえない。神聖な〝人民の意志〟は、いかなる暴君の意志にもまして行き当たりばったりで、卑しく、冷たく、危ない代物となる。人民の意志が群れ集う弱き者の弱さの寄せ集めとなったら、見切りをつけるときだ。

現況はそうだ。恐怖にかられて、思いつく限りの悪から自分を守ろうとし、当然ながらまさにその自分の恐怖によって悪をこの世に生み出している弱い個々人、そんな有象無象の集まりが今の社会の成員だ。

これこそ、〈汝～するなかれ〉と、のべつ卑しいいましめが飛び交う今のキリスト教共同体にほかならない。キリスト教の教義は現実においてこんな具合に作用してきた。

V

　黙示録はこんな事態を予示していた。この一書は何よりまず、一部の心理学者いうところの達成しそこねた〝優越〟目標(15)と、その後に起きた劣等複合との表白だ。キリスト教の積極面、すなわち瞑想による平穏や無私の奉仕による充足感、野心からの解放、知の愉悦は、アポカリプスにはまるで見出せない。なぜならアポカリプスは、挫折した集団自我の立場から、人間本性の非個人的側面に向けて書かれているが、瞑想や無私の奉仕は孤立した純粋の個々人に適しているからだ。ともあれ純キリスト教精神は、国家あるいは社会一般とは調和しえない。大戦［第一次世界大戦］がそのことを立証した。純キリスト教精神は個人とのみ調和しうる。集合体はほかの何物かに着想源を求めねばならない。

　中心概念がいかに不快な代物であれ、アポカリプスには別の着想源がある。中心概念が不快感を与えるのは、挫折し抑圧された集団自我の不穏な呻吟《しんぎん》を、または頓挫をきたした権力志向の人間のうらみに満ちた声を鳴り響かせるときだ。だがアポカリプスでは、誠実で陽性な権力意識の表白もなされている。冒頭からわたしたちは驚かされる。「ヨハネ、書《ふみ》をアジアにある七つの教会に贈る。願わくは**今いまし、昔いまし、のち来たりたもう者**、およびその御座《ござ》の前にある七つの霊、また忠実なる証人にして死者のうちより最先《いやさき》に生まれ給いし者、かつ地の諸王の君《きみ》なるイエス・キリストより賜《たも》う恩恵《めぐみ》と平安の汝らにあらんことを。願わくはわれらを愛し、その血をもてわれらを罪より解き放ち、われらをその父なる神のために国民となり祭司となし給える者に、世々《よよ》限りなく栄誉《ほまれ》と権力《ちから》とのあらんことを、アーメン。見よ、彼《か》の者、雲のなかにありて来たりたもう。諸衆《もろもろ》の目、ことに彼の者を刺したる者どもこれを見ん、かつ地上の諸族みな彼の者ゆえに嘆かん、しかり、アーメン」［「ヨハネの黙示録」第一章第四～七節］

――モファット訳(16)を用いた。欽定訳(17)よりいくぶん意味が取りやすい。

ともあれこのくだりには、湖畔をさまようガリラヤのイエス(18)とは別人のごとき、不可解なイエスの姿が描かれている。さらに次のようなくだりもある。「われ、主日《しゅじつ》に御霊《みたま》に感じ入たるに、わが後ろに喇叭《ラッパ》のごとき大いなる声を聞けり。いわく、『汝の見るところのことを書《ふみ》に記せ』。われ、振り返りてわれに語る声を見んとし、振り返り見れば七つの金の燈台《ランプスタンド》あり。またそのあいだには人の子《ア・ヒューマンビーイング》のごとき者ありて、足に届く衣をまとい、胸に金の帯を束《つか》ね、頭《かしら》と髪は羊毛さながら雪さながらに白く、眼《まなこ》は炎を想わしめ、脚は炉にて焼きたる輝ける真鍮さながら、声は押し寄せる波さながらに響き、右手《めて》に七つの星を持ち、諸刃《もろは》の鋭き剣口より出で、面《おもて》はぎらつく陽《ひ》さながらに輝ききたり。われこれを見しとき、死にたる者のごとくその足元に倒れたり。彼その右手《めて》をわれに置きて言いたもう。『恐れるな、われは最先《いやさき》なり称終《いやはて》なり、かつて死にたりしが、見よ、死と黄泉《ハデス》との鍵を持ちて永久《とわ》に生きるなり。汝の眼《まなこ》が捉えし今あること、および今後になるべきことを記せ。それすなわち、わが右手《めて》に汝が見しところの七つ星、および七つの金の燈台たる奥義なるが、七つ星は七つの教会の使者《エンジェル》にして、七つの燈台は七つの教会なり。エフェソスにありし教会の使者《エンジェルズ》に次のごとく書き送れ――右手《めて》に七つ星を持ち、七つの金の燈台のあいだに歩む者、かく言う［同第一章第十節〜第二章第一節。第一章第十一節に記された教会の所在地が省かれている］』

さて、口からロゴスの剣をほとばしらせ、右手に七つ星を持ったこの者こそ、神の子であり、ゆえに救世主《メシア》であり、ゆえにイエスだ。「わが心いたく悲しき、まさに死なんほどなり。汝らここに留まりてわれとともに目を覚ましおれ」［「マタイによる福音書」第二十六章第三十八節、「マルコによる福音書」第十四章第三十四節］と、ゲッセマネで述べたイエスとはまるで違う――しかしながら、これこそ初期教会、とくにアジアの教会がおおっぴらに信じていたイエスだ。

ではイエスとは何者なのか。エゼキエルとダニエルの幻視界《ビジョン》(20)に現れた全能者とほぼ等しい偉大な光輝ある存在だ。古代の星すなわち七つの永久《とわ》なる燈、すなわち太陽と月と大いなる五つ星に足元を囲まれて立つ巨大な宇宙の主だ。きらめく頭は北方の空、神聖なる北極にある。右手に北斗七星と呼ばれる大熊座の七つ星を持ち、今でも空を見上げればわかるように北極星を中心にその七つ星をぐるりと回し、天体の運行、つまり有機宇宙《コスモス》の旋回運動を起こす。これこそ森羅万象の運動の支配者だ、有機宇宙《コスモス》を軌道に乗せている。再び言う、**言葉**なる諸刃の剣、世界を打ち据える（しまいには滅ぼす）**ロゴス**なる強力な武器が、口からほとばしっている。これこそイエスから人間にもたらされた剣だ。最後に、イエスの顔はぎらつく太陽あるいは生命の根源そのものさながらに輝いており、この眩惑者を目の前にしてわたしたちは死者のごとくひれふす。

これがイエスだ。初期教会のみならず今日の通俗宗教におけるイエスだ。謙虚や苦悩とは無縁の姿だ。なるほどわたしたちの〝優越目標《シュペリオリティ・ゴール》〟に違いない。神に対して人間が抱く別い、なる観念がなまなましく開陳されている――いっそう大きく深いところまで関わる観念が。**有機宇宙**の壮大な**原動力**だ！　パトモスのヨハネにとって、主とは有機宇宙の支配者《コスモクラトール》であり、有機宇宙《コスモディナモス》の発動者でさえあった。だが遺憾ながら、アポカリプスによれば、人間は生前には有機宇宙《コスモス》支配に関われぬという。殉教者として息絶えて初めてキリスト教徒はキリストの再臨にともない復活でき、小型コスモクラトールとして一千年のあいだ世を統治しうる。これが弱者の神化だ。

だが神の子、すなわちヨハネの幻視界に現れたイエスは、そんな姿に留まらない。死と黄泉《ハデス》の錠を開ける鍵を持っている。イエスは地下世界の主だ。死者の魂を相手に、泉下の川《ヘリッシュ・ストリーム》(21)を越えて死の世界のなかを案内する者、すなわちヘルメスだ。死者の神秘に通じ、全燔祭《ホロコースト》の意味を解し、下界の権力を打ち負かす最終権力を持っている。宗教の陰で、はるか下にいる民草のあいだをつねに徘徊する死者と死の主たち、こうした太古ギリシアの地下神《クソニオイ》も、イエスを至高の君主と認めるに違いない。

死者の主は未来の支配者にして現在の神だ。昔あり、今あり、のちにあらん存在のありさま《ビジョン》を示してくれる。

汝らのイエス、ここにぞあり！　現代のキリスト教はこのイエスをどう捉えるだろうか。というのも、これこそ元来の諸共同体のイエスであり、暗黒時代から浮上し、再び生死および有機宇宙《コスモス》と調和しようとしていた初期カトリック教会のイエスだからだ。当時のカトリック教会の行動は人間の魂による一大冒険ではないか、現代のプロテスタンティズムやカトリシズムの、有機宇宙《コスモス》から切り離され、黄泉《ハデス》から切り離され、天体運行者《スタームーバー》の雄大な世界から切り離されたつまらぬ個人次元の冒険とは大違いだ。有機宇宙の光輝が、取るに足らぬ個人次元の救済やちっぽけな倫理に取って代わられ、わたしたちは太陽や諸々の惑星、右手に大熊座の七つ星を持つ主を失った。地べたを這い回るような哀れでくだらぬ小世界にいるため、死と黄泉《ハデス》の鍵をもなくした。おりに閉じ込められたていたらくだ！　せいぜいできるのは自分の兄弟愛で互いを閉じ込め合うことぐらいだ。自分にはとてもなれぬような、威厳と光輝に満ちた存在にほかの誰かがなるのではないかと、わたしたちは心配でたまらない。今や一人残らずけちくさいソ連型急進主義者《ボルシェヴィスト》であり、誰をもぎらつく太陽のごとく輝かせまいと心に決めている。自分より明るく輝く者が現れてたまるか。

話は戻るが、アポカリプスに対してわたしたちは二重の感情を抱いているようだ。まず目に飛び込んでくるのは、有機宇宙《コスモス》の力強さや厳かさに歓喜するいにしえの異教的光輝と、有機宇宙《コスモス》に一つの星として存在した人間の姿だ。と、そのとき、ヨハネの時代をはるかに遡る大古の異教世界に対する郷愁が再びいきなり沸き起こる。ああ、こんな弱々しい暮らしのつまらぬ個人的なしがらみから解き放たれて、〝怖い〟という感情を人間が知らずにすんだはるか遠い世界に戻りたいと、わたしたちは切に願う。小さく狭苦しく機械のごとき〝無機世界《ユニバース》〟から解き放たれ、〝文明開化されていない〟異教徒の活気ある偉大な有機宇宙《コスモス》に戻りたい！

わたしたちと異教徒とで何より大きく違うのは、有機宇宙《コスモス》に対する関わり方かもしれない。わたしたちにとって、すべては個人次元に属する。風景も大空も、わたしたちにとっては自分個人の生活に対する快い背景であり、それだけのものだ。科学者の無機世界《ユニバース》でさえ、わたしからすれば自分の個人性《パーソナリティ》をいくぶん拡大した存在にすぎない。異教徒にとっては、風景や個人的背景は概して重要ではなかった。だが有機宇宙《コスモス》はすこぶる真実味ある存在だった。人は有機宇宙《コスモス》とともに生き、それが自分よりはるかに大きいことを知った。

現代人が古代の文明人と同じように太陽を見ていると思うべからず。現代人の目に映っているのは、一個の燃えるガス球にまで卑小化した小型の科学発光体にすぎない。エゼキエルやヨハネが現れるまでの数世紀においては、太陽はまだ壮大な実在であり、人間はそこから活力と光輝を汲み出し、礼として敬意と栄誉と感謝の念を返した。だが現代人の場合、そんな絆は断たれている。反応中枢が滅却している。現代人の太陽は、古代における有機宇宙起源の太陽《コスミック・サン》とはまるで別物だ、取るに足らぬ存在だ。現代人も自ら認めるところの太陽を見てはいようが、太陽神ヘリオスを永遠《とわ》に失ってしまった。ましてカルデア人[22]にとっての偉大な球体とは無縁だ。現代人は有機宇宙《コスモス》との感応関係から遠ざかった、つまり有機宇宙《コスモス》を失ったのだ。これが現代人の最大の悲劇だ。有機宇宙《コスモス》と壮大な共存関係を築き、有機宇宙《コスモス》から栄誉を受ける古代人の生き方と比べ、なんとちっぽけなのだろうか、わたしたちの自然愛――対象はせいぜい**自然界**か！――なるものは。

アポカリプスはすごいという印象に突き動かされ、わたしたちは見知らぬ深みに、また自由の、まさに真の自由の妙に荒々しい羽ばたきに心を惹かれるときもある。これはどこかに、ある場所への脱出だ、どこにもない場所への脱出ではない。おのれの無機世界《ユニバース》の狭苦しいおりからの脱出だ。狭苦しいではないか、天文学者が口をそろえて、とても想像できぬほど広大な空間だと言いはするが。狭苦しいではないか、なんの意味もなしにだらだら続くだけの広がりにすぎぬから。こんな場所から活力あふれる**有機宇宙**へと抜け出すわけだ、偉大な野性の生命を宿し、自らは自らの道を進みながら、勢いが増すにせよ衰えるにせよ、すばらしきかな、わたしたちを振り返ってついてこいと求める一つの太陽《ア・サン》のもとへと。太陽がわたしに語りかけることなどありえんと、誰に言い切れよう！　太陽には燃え盛る大いなる意識があり、わたしには燃え盛るささやかなる意識がある。わたしが自分にこびりついた個人次元の感情や思想を拭い去り、赤裸々な太陽的自我《サン・セルフ》にまで進んでゆけたら、太陽とわたしは長く心を通わせ合える。火炎の交流だ、太陽はわたしに生命を、すなわち太陽的生命を授け、わたしは太陽に赤々した血の世界からささやかながら新しい光輝を贈る。怒れる竜を想わせる偉大な太陽は、わたしたちの過敏な個人意識を毛嫌いしている。現代の日光浴好きの人々はこうした点を識《し》らねばならない。たくましげな色に肌を焼いてくれる当の太陽に解体される次第となるからだ。だが太陽はライオンさながら、燃えるがごとく赤々した生命体の血を愛し、わたしたちの側に受け入れるすべのある限り、生命に限りなき豊かさを与えてくれる。しかし、こちらにそんなすべはない。現代人は太陽を失った。太陽はただ襲いかかってき、わたしたちを滅ぼすのみだ、こちらの内なる何物かをばらばらにする。もはや太陽は生命の付与者ではなく破壊をもくろむ竜だ。

さらに、現代人は月を失った、冷ややかな輝きを放ちながらつねに変わりゆく月を。わたしたちの神経をいたわり、また鮮やかな光を放つ柔らかな手でなでながら、自らのひそやかなたたずまいの力で再び穏やかなありさまへと和らげてくれるのは、ほかならぬ月だ。というのも、月はわたしたちの水気多き身体《からだ》の、すなわち過敏な意識と湿性の肉からなる青白き身体《からだ》の支配者にして母親だからだ。そう、月なら冷ややかで大いなる女神アルテミス(23)のように、わたしたちを抱き寄せ、なぐさめいやしてくれるはずだ。だがわたしたちは月を失った、愚かにも月をないがしろにしている。怒れる月はわたしたちを見下し、ぴんと張った鞭でわたしたちを叩く。そうだ、夜空を司るアルテミスの憤怒に気をつけよ、キュベレ(24)の怨念に気をつけよ、角を生やしたアステルテ[25]の憎悪に気をつけよ。

なぜなら恋愛沙汰から生まれた恐るべき自殺劇として、夜になるとわが身に向けて一撃を放つ恋人たち、この連中はアルテミスの毒矢のせいで狂気に陥っているではないか。当人にとって月は敵だ。月は激しく向かってくる。そうして読者よ、もし月が諸君の敵なら、よいか、苦い夜には気をつけよ、なかんずく酔いしれた夜には。

いや、こんなのはばかげた言辞に思えるかもしれぬが、それも現代人が愚者になったからにすぎない。わたしたちの血と太陽とのあいだには、絶えざる盛んな交流がある。わたしたちの神経と月とのあいだにも、絶えざる盛んな交流がある。もしわたしたちが太陽および月との接触や調和を失えば、太陽と月はわたしたちを破滅に追い込まんとする超大型の竜になる。太陽は血の活力の一大源泉であり、こちらに向けて力を注いでくる。だがわたしたちが太陽に逆らい、「こんなのはただのガス球だ!」などと言ったりすればどうだろう――脈々と流れてくる日光の活力は、わたしたちの内部で潜行性の破壊力に変わり、わたしたちをむしばむ。同じことが月にも惑星にも莫大な星群にもいえる。各々の存在はわたしたちの創造者か、でなければ破壊者だ。そんな現実を逃れるすべはない。

わたしたちと有機宇宙《コスモス》は一体だ。有機宇宙《コスモス》は広大な生　体《リビング・ボディ》であり、わたしたちはいまだその一部だ。太陽は一大心臓として、人の微細な血管にまで鼓動を伝える。月は微光を放つ一大神経中枢であり、その指令で人は永久《とわ》に心身を震わせる。サトゥルヌス[26]やウェヌス[27]がわたしたちに及ぼす力を誰が知っていようか。だがそれも活力であり、さざ波を立てながらわたしたちのなかをつねに流れている。わたしたちがアルデバラン［おうし座の一等星］を拒否すれば、アルデバランは際限なくわたしたちを短剣で突き刺すだろう。わが味方ならざる者はわが敵なり［「マタイによる福音書」第十二章第三十節］――これが有機宇宙《コスモス》の掟だ。

以上の内容は文字どおり事実だ、人は大古からそう学んできたし、未来でもやはりそう学ぶだろう。

パトモスのヨハネの時代までには、人間は、なかんずく教養人はすでに有機宇宙《コスモス》を失いかけていた。太陽や月や衛星は、人々と交流するでなく、融合するでなく、生命授与者でも光輝ある存在でも畏怖に値する存在でもなく、もはや一種の死物であり、運命《フェイト》や必然《デスティニー》の独断的な、いや機械的ともいえそうな操縦者だった。イエスの時代までには、人間は天界を運命と必然の機械装置に、すなわち一つの牢獄に変えてしまっていた。キリスト教徒は肉体を全否定してこの牢獄を脱出した。とはいえ、ああ、この脱出劇のつまらぬことといったら！とくに否定による脱出とは！――現実逃避としても何より命取りの行為だ。キリスト教とわたしたちの理想とする文明とは、長く続く逃避の一形態だった。こうした宗教と文明が際限なき虚偽と貧困を、物質の欠乏ではなくそれよりずっと危険な生命力の欠乏、すなわち今日わたしたちが経験している貧困を生んできた。生命を欠くよりパンを欠くほうがましだ。長く逃避を続け、そうして得られた唯一の成果が機械とは！

現代人は有機宇宙《コスモス》を失った。太陽はもはやわたしたちの力を強めてくれない。月もしかり、だ。神秘めいた言い方をすれば、月は黒々となりてわれらに相対し、日《ひ》は粗布のごとくなり、だ［「ヨハネの黙示録」第六章第十二節参照。「われが見るに、小羊が第六の封印を解きたまいしとき、大なる地震ありて日は粗布のごとく黒く、月はことごとく血さながらに赤くなり」とある］。

今こそわたしたちは有機宇宙《コスモス》を取り戻さねばならない。姑息な手段ではとても無理なことだ。体内で寿命が尽きた感応器官全体が生き返らねばならない。二千年かけて息の根を止められた器官だ。息を吹き返すのにどれほどの年月を要するかは不明だ。

現代人が孤独をかこつ声を耳にするとき、どんな事情があったのかわたしにはぴんとくる。そうか、有機宇宙《コスモス》を失ったのだな――わたしたちに足りないのは人間的なもの個人的なものではない。欠けているのは有機宇宙的生命だ、わが内なる太陽であり月だ。浜辺でブタよろしく裸で寝そべっていても、内なる太陽は得られない。たくましげな色に肌を焼いてくれる当の太陽が、わたしたちを内部から解体している――のちに誰もが思い知ることになるが。これが異化作用《カタボリズム》の過程だ。一種の崇拝という手段を用いてこそ太陽を我が物にできるのだ。月についてもしかり。太陽を崇拝する道を突き進むことだ、血のうちに感じうる崇拝への道を。姑息な手を使ったり力を出し惜しみしたりするようでは、事態は悪化するのみだ。

VI

さて、聖ヨハネの黙示録に対しては感謝もしているということを、わたしたちとしては認めざるを得ない。壮大な有機宇宙《コスモス》の概観をそれとなく示し、ひとときでもその存在と触れ合わせてくれたのだから。なるほどそうしたつながりができたのはひとときのことで、たちまち期待－失望という図式からなる別の意識に断ち切られるのだが。ともあれ短いあいだだけでも感謝したい気にはなる。

アポカリプス前半を通じて、真の有機宇宙《コスモス》崇拝の念がひらめいている。キリスト教徒にとって、有機宇宙《コスモス》は呪うべき存在《アナテマ》となっていた。とはいえ暗黒時代の終焉後、初期カトリック教会において多少とも元来の姿を取り戻せたが。ところがまた宗教改革後には、プロテスタントにとってのアナテマとなった。プロテスタントは有機宇宙《コスモス》の代わりに、物理的な力《フォーシズ》と機械的秩序を具えた非生命的な無機世界を持ち上げだした。それゆえほかの存在はすべて抽象概念と化し、人間存在の長くゆるやかな死が始まった。このゆるやかな死から科学や機械が生まれた。だが双方とも死の産物だ。

たしかに死は避けられぬことだった。イエスの短いあいだでの死や、他の神々が迎えつつある死と、同時進行しているのが社会の長くゆるやかな死だ。ともあれそれは死であり、パトモスのヨハネによる狂おしいほどの願いどおり、人類の壊滅まで続くだろう――なんらかの変化が、復活が、有機宇宙《コスモス》への回帰が実現しない限り。

それにしても、黙示録における有機宇宙《コスモス》観念のひらめきの源を、パトモスのヨハネの力に求めるのはまず無理だ。黙示録作者ヨハネは他者のひらめきを利用して自分の苦悩および希望の道を照らしている。キリスト教徒のとてつもなく大きな希望は、これ以上ないほど深い絶望の尺度だ。

しかしながら、すべてはキリスト教徒以前に始まっていた。アポカリプスはユダヤ教色およびユダヤ的キリスト教色の強い不思議な文学形態だ。この新たな形態は紀元前およそ二〇〇年に興った。預言者たちはすでに使命を果たし終えている。初期のアポカリプスはダニエル書だ、ともあれ後半部は。ほかにエノクのアポカリプス[28]もある。その最古の箇所は紀元前二世紀に書かれたとされている。

選民としてのユダヤ人は、大帝国の人民たる自負をつねに持っていた。自分たちなりの難関に挑んでは何度も無残にしくじり、ついにはあきらめるほかなかった。アンティオコス四世エピファネス[29]によって神殿が破壊されたのち、ユダヤ民族の想像世界には紛うかたなきユダヤ大帝国は登場しなくなった。預言者たちは永久《とわ》に沈黙した。ユダヤ人は延引されし運命の民となった。このあと予見者たちはアポカリプスを書き始めた。

予見者たちはこの先延ばしされた運命という一件と取り組まねばならなかった。これはもはや預言ではなく幻視《ビジョン》の問題だった。未来にどんなことが起きるか、神はしもべに言葉では伝えなかった。どんなことが起きるかを語るのは不可能に近かったからだ。神は未来図《ビジョン》を示す次第となった。

底の深い新たな変化というのは、例外なく大きな揺り戻しの動きも示し、半ば忘れられた古い意識のありさまへ戻ったりするものだ。黙示録作者たちもやはり古代の宇宙幻像へ揺り戻った。神殿が二度目に破壊された［前出アンティオコス四世の行為］のち、意識してのことか否かはともかく、ユダヤ人は**選民**による現世の勝利という夢をあきらめた。そうして執念深くも、非現世の勝利をめざして動きだした。黙示録作者たちが始めたのはまさにこうした作業だった。**選民**による非現世の勝利を夢に描いて訴えるということだ。

作業を進めてゆくには大局観が欠かせなかった。事の顚末を知らねばならなかった。このとき以前には、人々は創造の終末を知りたいとは思わなかった。この世は創られ、いつまでも続いてゆくだろうとわかれば、それで十分だった。だが今や黙示録作者たちは終末の幻像《ビジョン》を描かねばならなくなった。

ゆえに作者たちは親宇宙になった。エノク書に描かれた宇宙像はすこぶる興味深い。しかもさほどユダヤ色が濃くない。とはいえ妙に地理への意識が強い。

ヨハネのアポカリプスまで行き着き、その内容を知るようになると、意外に感じられる点が二、三ある。まず一読して明らかな構造だ。全体が二分されており、互いの趣旨はいささか不調和になっている。前半は胎児だった救世主の降誕前まで［つまり第十一章まで］で、救済と再生という趣旨にもとづき、世界をたえず新しくしてゆくつもりのようだ。だがけものどもが現れる後半では、現世やら、現世の権力やら、救世主にとことん従わぬ人物・事物やらに対して、不気味で不可解な憎悪が生まれている。つまりアポカリプスの後半は、燃え盛る憎悪と、現世の終末へのなりふりかまわぬ欲望《ラスト》（欲望としか評しようがない）に満ちている。黙示録作者としては、ユニバースすなわち既知のコスモスが一掃され、天界の都と硫黄の燃える地獄さながらの池［後者については「ヨハネの黙示録」第十九章第二十節参照］だけが残る、といったありさましか目にしたくない。

こうした二つの意図の不調和ぶりがまず読者の注意を引く。前半部は後半部より濃縮ないし簡約されているというべきか、短いうえに難しくて入り組んでいる。込められた感情もいっそう芝居めいているが、それでもいっそう幅広く意味深げだ。なぜなのかは定かでないが、読者は前半部に異教世界の空間と盛観ぶりを感じ取る。後半部に感じられるのは、今日の非国教《チャペル》関係者や信仰復興論者の場合にも似た初期キリスト教徒の熱狂ぶりだ。

また前半部において、太古の偉大な象徴群と出会うことで、読者ははるかに時を遡り、異教世界の全景に触れたような気になる。後半部になると、心像世界はユダヤの寓意に満ちて多少とも現代めいており、場所も時代もたやすく解釈できる。真の象徴主義の気味があるにせよ、それは現代社会の構造の一部をなす廃墟ないしは残滓といったふうではなく、むしろ古代を回顧する体《てい》のものだ。

第三に読者の注意を引く点として、**神**や**人の子**(30)を表すのに、ユダヤ人ばかりか偉大な異教徒にも用いられた権力者の称号が頻出することが挙げられる。王の王、主の主が(31)典型例だ。有機宇宙の支配者《コスモクラトール》や有機宇宙の発動者《コスモディナモス》もしかり。用いられるのはつねに力の称号であって、愛の称号ではない。つねに全能の征服者キリストが大剣〔正確には鎌〕をきらめかせ、おびただしい数の民を死に追いやり、そのため流れた血が馬のくつわに届くありさまとなる〔「ヨハネの黙示録」第十四章第十四～二十節参照〕。救世主キリストの姿はどこにも見られない。どこにも。アポカリプスにおける**人の子**は、恐るべき新たな力を、大ポンペイウス(32)やアレクサンドロス大王(33)やキュロス大王(34)の場合よりも強大な力を地上にもたらすにいたる。力《パワー》だ、恐ろしくも人を討ち滅ぼすような力だ。**人の子**が称えられたり賛美歌が流れたりするときは、すなわち力や富、英知、威光、栄誉、栄光、賛美〔同第五章第十二節。同第四章第十一節も参照〕が**人の子**に授けられるときだ――どれもこれも、地上の大王やパロ〔古代エジプト王の称号〕に認められる属性だが、十字架上のイエスにはどうもふさわしくない。

となると、わたしたちはとまどってしまう。アポカリプスを物したのが紀元九六年だとするなら、なぜパトモスのヨハネはイエス伝説をろくに知らず、四福音書の精神にもまるで疎いのか。いずれの書もアポカリプスより先に完成しているのに。パトモスのヨハネというのは、誰であったにせよ奇妙な存在だ。ともあれこの人物は後世に現れる特定の型の人間に見られる情念を浮き彫りにした。

アポカリプスについて、これは一冊の書ではなく何冊かの、いやことによると幾冊もの集まりではないかと、そうわたしたちは感じる。とはいえエノク書のような何冊かの断片が繋ぎ合わさった代物ではない。いくつかの層からなる一冊の書だ。いわば文明の重層のようなものだ、地面をどんどん掘ってゆき、古代都市を発掘する例を想わせる。地底には異教の基層が、すなわちおそらくはエーゲ文明における古書の一冊があるだろう。異教の**神秘**に彩られたある種の書物だ。これがユダヤ人の黙示録作者たちに何度か書き直され、次いで引き伸ばされ、最後にユダヤ人キリスト教徒の黙示録作者ヨハネによって書き直された。ヨハネの死後、これをキリスト教の一書に仕立てんとして、キリスト教徒編纂者たちの手で削除や訂正、要約、加筆がなされた。

だがパトモスのヨハネは妙なユダヤ人だったに違いない。荒々しい面があり、旧約聖書のヘブライ語諸篇(35)に詳しいが、そればかりかあらゆる方面の異教的知識も豊かだった。要するに、本人の情熱、たとえばキリストの再臨やら、キリストの大剣によるローマ人撲滅やら、流れた血が馬のくつわに届く［同第十四章第二十節参照］ほどに、神の怒りのブドウ絞り桶に入れた人間どもを踏みつけることやら、いかなるペルシア王より偉大な白馬の騎士による戦勝やら、そうした諸々の成果を得ようとする自分の抑えがたき情熱を燃やすに役立つことは、すべて具えていた。そうして一千年におよぶ**殉教者**による支配、次いで、そうだ、次いで起きるのは全無機宇宙《ユニバース》の破壊、それからいよいよ最後の**審判**だ。「来《カム》たりたまえ、主イエス《ロードジーザス》よ、

来《カ》たりたまえ《ム》！」［モファット訳では、アーメン、主イエスよ、来たりたまえ］
主が来たりたもうこと、ただちに来たりたもうことをヨハネは固く信じていた。初期キリスト教徒のとてつもなく大きく恐ろしいほど激しい希望のわななきは、この信念から発せられた。そこで当然ながら、異教徒の目には、この人々が真っ向から立ち向かうべき人類の敵と映る次第となった。
だが主は来なかった。だから右の点はまあどうでもよかろう。わたしたちの興味を惹くのは、当該書における奇妙な異教ふうの反発であり異教を想わせる痕跡だ。ユダヤ人は現に外界を眺め入るとき、異教徒ないし異邦人［つまりはキリスト教徒］の目をもってするほかなかったのだと察せられる。ダビデが生きた時代(36)以後のユダヤ人は自らの目を持たなかった。自らの内なるヤハウェにじっと目を向け続け、ついには盲目となった。そこでこの世を見るときには隣人の目に頼らざるをえなかった。預言者たちは幻像《ビジョン》を見ねばならぬ際には、アッシリア人(37)やカルデア人の幻像を見るほかなかった。自らの見えざる神を見るには、他者の神を借りていたわけだ。
アポカリプスに何度も詳述されているエゼキエルの壮大な幻像は、妬み深いユダヤ人律法学者たちの手で歪められているが、ともあれ異教の産物でなくてなんであるか。異教色の濃い偉大な時間観念、それにコスモクラトールもコスモディナモスもそうだ！　これに加えて、アナクシマンドロス(38)の輪(39)として知られる天空の輪のあいだに立つコスモクラトールの姿を見れば、わたしたちも自分の置かれた位置がわかる。わたしたちは異教的有機宇宙《コスモス》という壮大な世界にいる。

だがエゼキエルの手になる原典は無残なまでに改竄されている——おそらく、異教的幻像を汚してやりたいとばかりに、狂信的な律法学者たちが書き換えたのだろう。よくある話だ。

それにしても、エゼキエル書にアナクシマンドロスの輪が出てくる［第一章第十五〜二十一節］ことには驚かされる。整然としていてなおかつ複雑な天体の運動を解釈する試みの表れがこの輪だ。これは、異教徒によって無機宇宙《ユニバース》に見出された史上初の〝科学的〟二元性、すなわち湿と乾、冷と熱、空気（ないし雲）と火という関係にもとづくものだ。天空に回転する壮大な輪とは、奇妙にして魅惑的な存在ではないか。濃密な大気ないし夜空の雲から成り立ち、燃えたつ有機宇宙の火に満ちている。火は輪の外縁の穴から吹き出て燃え上がり、光り輝く太陽や突起のある諸々の星を生み出す。球体はすべて火に満ちた黒い輪の小さな穴だ。輪のなかには別の輪があり［「エゼキエル書」第一章第十六節参照］、各々ばらばらに回っている。

古代ギリシアの思想家のなかでも先駆者の部類に入るアナクシマンドロスは、紀元前六世紀のイオニアでこの天体〝車輪〟説を編み出したとされる。ともあれエゼキエルはこの説をバビロニアで学んだわけだが、説全体にカルデア［既出］色が感じられないなどとは、誰にも決めつけられまい。実のところ、背景にはカルデア人が天文学を習得してきた数世紀の歴史がある。

エゼキエル書にアナクシマンドロスの輪が出てくるのはまことに幸いだ。聖書はたちまち全人類の書となるわけだ、もはや〝霊感〟の瓶詰ではない。また天界の四隅に、翼を具えて星さながらにきらめく四生物[40]がいるとわかったことも幸いだ。すぐさまわたしたちは壮大なカルデアの星間宇宙へ送り出されるのだ、もはやユダヤの幕屋[41]に閉じ込められることはない。ユダヤ人が擬人化をしでかし、立派な四生物を大天使[42]に仕立てたことは、たとえミカエルやガブリエル[43]といった名を用いてのおこないであれ、自らの想像力の限界を示しているにすぎない。人間の自我という枠組みの外では無知であることの表れだからだ。ともあれこうした神の警備隊たる大天使が、かつてはカルデアの伝説において天界の四隅にあり、翼を具えて星さながらに光を放つ生き物として、宇宙空間を羽ばたいていたと知れば心救われる思いだ。

パトモスのヨハネの場合、くだんの〝輪〟はない。もうとっくに、天界は球体なりという説と入れ替わっている。だが全能者はますますもって判然たる、天空に燃え広がる火を想わせる琥珀色をした有機宇宙の驚異であり、星が光り輝く天界の偉大な創造者にして偉大な統治者であり、デミウルゴス[44]にしてコスモクラトールであり、有機宇宙《コスモス》の回転の担い手だ。また現実感ある偉大な存在であり、動態を保つ偉大な神だ、心霊臭や教訓臭とは無縁で、壮大にして生気にあふれている。

当然といおうか不可解といおうか、正統派の論者たちはこうした点を否定している。〝人の子〟の右手にある七つ星が北極星のまわりを回る大熊座であり、右記の観念にバビロン色が強いことは、大執事ロバート・ヘンリー・チャールズ(45)も認めている。が、続いてこう述べるありさまだ。「しかし、われらが筆者〔パトモスのヨハネのこと〕の頭にこんな観念があるはずもない」

いうまでもなく、〝われらが筆者〟の頭にどんな観念があったのか、今日の優秀な聖職者諸氏はきちんとおわかりだ。パトモスのヨハネはキリスト教の聖徒だから、異教信仰の気味があったはずがない。正統派の批評はこういう結論に行き着く。だが実のところ、〝われらが筆者〟パトモスのヨハネの野蛮ともいえそうな異教信仰ぶりに、わたしたちは面食らってしまう。この男は、どんな人物だったかはともかく、異教の象徴に恐れを抱いたりしなかった。いやそれどころか、どうやら異教礼拝そのものに対しても同様だったようだ。古代の諸宗教は生命力と潜在力と実行力からなる礼拝だった。この点は忘れてならない。ただヘブライ人(46)のみが倫理色を帯びていた。といっても、ところどころそうだったにすぎないが。古代の異教徒のあいだでは、倫理とはただの社会的な作法、礼儀をわきまえたふるまいだった。だがすでにキリストの時代になるころには、宗教や思想はすべて、生命力や潜在力や実行力に対する古代の崇拝や探求から、死や死後の報い《リウォーズ》や死後の罰や倫理の探求へと変化したかに見える。もはやあらゆる宗教は、今この場における生命の宗教ではなく、先延ばしされた運命や死、〝汝よき者ならば〟その後に受けうる報いの宗教となった。

パトモスのヨハネは思い切りよく運命の猶予を受け入れたが、よき者たることにはほとんど気にかけなかった。ヨハネが望んでいたのは極限の力だった。この男は恥を知らぬ権力崇拝の異教ユダヤ人であり、おのれの壮大な運命の猶予について切歯扼腕していた。

ユダヤ教的ないしキリスト教的価値と比較しての象徴の異教的価値について、パトモスのヨハネは精通していたかに思える。しかも小心者ではなかったから、まさに自分の都合どおりに異教的価値を利用していた。天界の回転を担うコスモディナモスや、右手に大熊座の七つ星を持つ偉大な有機宇宙の**火**(47)、こうした存在がパトモスのヨハネには知られていなかったなどと唱えるのは、かの大執事にさえ無理な話だ。紀元一世紀の世界は星座礼拝の気風に満ちており、**天体の運行者**の存在は東方の若者にも広く知られていたに違いない。〝われらが筆者〟の頭には星がきらめくごとき異端信仰の観念などなかったと、正統派の論者は口をそろえて言う。しかもそれに続けて、鈍感で機械的な天界支配や、惑星群の不変の法則や、天文学や占星術に決めつけられた硬直した運命から、キリスト教を知って逃れられたことで、人間はさぞありがたみを感じたに違いないなどと弁じたてている。「そーら、見たか!《グッド・ヘブンズ》」と、わたしたちは今でも声を上げている次第だ。それに、ちょっと足を止めて考えてみればわかるではないか、半有機宇宙的で、半機械的で、だがいまだ擬人化されえていない観念、天界はつねに運行されつつ人の運命を決定づけるという観念が、どれほど強力なものかということは。

パトモスのヨハネばかりか聖パウロや聖ペテロや使徒聖ヨハネも、星群や異教礼拝には精通していたに違いない。ことによると抜け目ない手口といえるのかもしれぬが、みなそうしたことをすべて伏せる道を選んだ。が、パトモスのヨハネだけは違った。だから、紀元二世紀から大執事チャールズの時代にいたるキリスト教の論者や編纂者が、このヨハネのために伏せておこうとしてきた。結果は失敗だった。というのも、天の力を崇めるたぐいの精神は、つねに象徴を用いて物事を考える傾向を示すからだ。キングやクイーンやポーンを動かしておこなうチェスのように、象徴を用いて直截に思考するのは、力を必要不可欠なものと見る人々の特徴だ――しかもこうした人々こそ多数派だ。民草の最下層はいまだ力を崇め、いまだ象徴を用いて粗雑な物の考え方をし、いまだアポカリプスにしがみつき、山上の垂訓［「マタイによる福音書」第五～七章、「ルカによる福音書」第六章第二十～四十九節参照］にはまったくもって冷ややかだ。だがどうやら教会や国家の最上層にいる人々も、いまだ権力の礼拝式に出ているようだ。当然の話であり、実際の話だ。

ところが大執事チャールズなど正統派の論者は、胃におさめた菓子をなおも手元に残しておきたいと、無理なことを望んでいる。アポカリプスに古代異教の権力意識を切に求める一方、アポカリプスにそんな意識はないと言い張ることにも同じだけの時間を費やす始末だ。そうして一つでも異教の要素を認めざるをえなくなると、僧衣のすそをからげてそそくさと姿を消してしまう。ところが同時にアポカリプスは、この人々にとってまさしく異教のごちそうだ。ただし、たいらげるには、かたちだけでもかしこまらねばならないが。

むろんキリスト教論者の不実ぶり――ずばりそう評してかまうまい――は、恐怖に根ざしている。ひとたび聖書の記述のどこかに、異教性すなわち異教の源泉や意味を認めれば、もう終わりだ、歯止めが利かなくなるだろう。不敬な言い方になるが、神は瓶から漏れ出し、元には戻せなくなる。聖書にはまことあっぱれにも異教の内容が詰まっており、そこに妙味の中心がある。だがひとたびそれを認めれば、キリスト教はおのれの殻に閉じこもってはいられなくなる。

ここで再びアポカリプスに目を向け、その構造を共時的のみならず通時的にも理解してみたい。というのも、読めば読むほど、アポカリプスは救世主にまつわる謎というばかりか、時間を貫いている箇所だと感じられるからだ。一人の手になる作物ではなく、一世紀でできあがった作物でさえない。たしかにそう感じられる。

最古の箇所はどう見ても異教の産物で、おそらくアルテミスやキュベレ、いや、そればかりかオルペウス教も含めて、なんらかの異教の秘儀を体験するという〝人知れぬ〟しきたりの記述だっただろう。ともあれ地中海東岸、もっといえばエフェソの地が発生源である可能性が高い。そう見るのが自然だろう。もしこうした書物が、そう、紀元前二、三世紀に存在していたとしたら、宗教学徒全員の知るところだったはずだ。当時のとくに東方の知識人はみな宗教学徒だったといって差し支えあるまい。人々は宗狂人だった。宗教面では正気でなかった。ユダヤ人は異邦人たちとなんら変わらなかったわけだ。離散を強いられたユダヤ人⑱は、きっと手当たり次第に本を読み、内容について論じ合っただろう。ユダヤ人というのは、おのれの唯一神しか頭にない殻に閉じこもった連中だと、そんな日曜学校ふうの概念は、わたしたちとしてもすっぱり捨てねばならない。実際は大違いだった。紀元前最後の数世紀のユダヤ人は、現代のユダヤ人と同様、好奇心が強く幅広い読書をする国際人《コスモポリタン》だった。むろん少数の狂信的な部族や宗派は別だが。

こうした次第でこの古代異教の書は、かなり早い段階で、あるユダヤ人黙示録作者の手によって書き直されたに違いない。異教秘儀に対する純個人的経験を消し去り、救世主に対するユダヤ的観念と、ユダヤ人による全世界の救済（または破壊）を記すためにだ。このユダヤ色の強いアポカリプスは、おそらく一度ならず書き直され、福音書作者はじめイエス時代の宗教的求道者全員に知られていただろう。それにどうやら、パトモスのヨハネが筆を執る前にも、一人のユダヤ人キリスト教徒の黙示録作者が再び書き直し、ダニエル書さながらの預言書のかたちに引き伸ばして、ローマの完全な没落をあらかじめ告げていたようだ。というのもユダヤ人にとっては、異邦王国の完全な没落を預言するにまさる歓びはなかったからだ。次いでパトモスのヨハネが島で何年も幽閉生活を送っていたあいだ、独特の文体を駆使しながら全体を再び改訂した。本人が新たに何かを創り出したり、独自の思想を持っていたりしたとはどうも感じられない。だが自分を流刑に処したローマ人に対して、燃えるがごとき激しい憎しみを抱いていたのはわかる。にもかかわらず、東方における異教のギリシア文化には毛ほども悪意を示していない。実はこの文化を受け入れているのだ、自身のヘブライ文化とほぼ同じようにすなおに、また自分にはなじみのない新たなキリスト教精神よりずっと無理ないかたちで。パトモスのヨハネは古いアポカリプスに手を加えるなかで、おそらく異教色の強いくだりをさらに削っている。異教性に反感を覚えたからではなく、救世主を待望するような、反ローマの意図が当該箇所にはうかがえなかったからだ。またパトモスのヨハネは、後半部分に入ると思うがままに筆を走らせ、ローマ（またはバビロン）と呼ばれるけもの［「ヨハネの黙示録」第十三章参照］や、ネロすなわち復活せる《レディヴィヴス》ネロ(49)と呼ばれたけものや、反キリストと呼ばれたけものや、ローマ帝国を崇拝する同国人僧侶を叩いている。ヨハネがなぜ新しきエルサレムに関する結末の章［第二十一～二十二章］を削らなかったのか、それはわからない。ともあれ今読むとそのくだりは混乱をきたしている。

ヨハネは、激しいながら、あまり深みのない性格の持ち主ではなかったかと感じられる。この男の手になるとされる七教会への各書簡は、いささか退屈で、黙示録全体にはさほど寄与していない。それでも黙示録に独特の不気味な迫力を加えているのは、筆者の奇異なまでの烈々たる情熱だ。しかも壮大な象徴の数々をおおよそ削らずにおいてくれたので、わたしたちとしてはこの男をどうしてもひいきしたくなる。

だがヨハネが筆を置いたあと、まことのキリスト教徒たちが手を染めだした。実際わたしたちが怒りを覚える相手はこの連中だ。異教の世界観に対するキリスト教徒の恐怖が人間の意識そのものを害してきた。異教の幻視界《ビジョン》に対して、キリスト教はかたくななまでに愚劣な否定の姿勢を取ってきた。異教にはけものじみた残忍性しかないという否定の仕方だ。それゆえ、聖書各篇における異教性を示す証拠は、すべて削るか、無意味な記述に歪めるか、キリスト教ないしユダヤ教の内容らしく見えるよう表現を変えるかするほかなかった。ヨハネが筆を置いたあと、アポカリプスに起きたのはこうしたことだ。キリスト教の小物学者連がどれほどのくだりを切り取ったか、どれほどのくだりを押し込んだか、何度〝われらが筆者〟式の文体をでっちあげたかは知りようがない。ともあれ連中があざといまねをした証拠はあまたある。どれもこれも異教の痕跡を覆い隠し、どう見てもこの非キリスト教の作品をいちおうキリスト教ふうに変えるための手口だった。

わたしたちはキリスト教徒の恐怖を嫌悪しないわけにゆかない。その表れは、自分になじまぬ事柄をすべてはなから退けること、いや、もっといえば抑え込むことだった。異教の証拠をことごとく抑え込む手口は、キリスト教世界では本能すなわち恐怖本能に根ざしており、紀元一世紀から現在にいたるまで、絶えることなくまさに犯罪の様相を呈してきた。ネロ時代[50]から今日にいたるまで、キリスト教徒がわざとだめにしてきたかけがえのない異教文献の数々を考えると、心臓が停まりそうになる。今日でも無名教区の牧師たちは、おのれの教区で、おのれには理解できぬ書物を異教の代物だと決めつけ、かたはしから焼いている始末だ！　こうしたとき、ランス[51]のノートルダム大聖堂[52]をめぐるてんやわんやの大騒ぎには、冷めた思いをめぐらしてしまう。みながどうしても我が物にしたいと思いながら手の届かぬような書物が、どれほどこの世から消えたことか、それもキリスト教徒に燃やされたおかげで！　連中もプラトンとアリストテレスはこの世に残した。両者に親近感を覚えたからだ。だが残りの著作となると――！

本物の異教を想わせる痕跡に対して、今にいたるまでキリスト教が反射的に採ってきた策は、抑圧せよ廃棄せよ否定せよだ。こうした不実ぶりは当初からキリスト教思想を汚してきた。またなお妙なことに、人種に関する科学思想をも同じく汚してきた。はなはだ不可思議な話ながら、およそ紀元前六〇〇年以降のギリシア人やローマ人について、わたしたちは本物の異教徒とは見ていない。たとえばヒンドゥー人やペルシア人、バビロニア人、エジプト人と、いや、クレタ島の住民とさえ一緒くたにしていない。ギリシア人やローマ人のことは自分たちの知的政治的文明の創始者だと、ユダヤ人のことは自分たちの倫理的宗教的文明の父祖だと、それぞれ認めている。だからこうした人々は〝われらが同類〟であり、ほかはすべて取るに足らざるような、人間以下というに近い存在だ。ギリシアの境界線のかなたに棲む〝蛮族〟に含めうる人々、すなわちミノア人[53]やエトルリア人[54]、エジプト人、カルデア人、ペルシア人、ヒンズー人は、ある著名なドイツ人教授の世に聞こえた文言に従えばウルドゥムハイトだ。ウルドゥムハイトすなわち原始的無知《プライマル・スチューピディティ》とは、かけがえなきホメロス以前の全人類を指す。また民族で例外たりうるのは、ギリシア人、ユダヤ人、ローマ人、そして――わたしたちのみだ！

妙なことに、初期ギリシア人を主題として、学識が深く視点も公正中立な研究書を物している本物の学者たちでさえ、地中海沿岸すなわちエジプトやカルデアの原住民族を話題にするなり、この連中は幼稚だの、文化面ではろくなことをなしていないだの、連中のウルドゥムハイトは自明の理だのと言い張る。こうしたお偉い文明諸国民は何もご存じなかった。あらゆるまことの知は、タレス[55]やアナクシマンドロス、ピュタゴラス[56]など、ギリシア人とともに始まったのだ。カルデア人は本物の天文学を知らず、エジプト人は数学も科学も知らず、ヒンズー人にいたっては、かの貴重きわまる実在たる数学の零《ゼロ》、すなわち無の概念を創り出したと長いこと見なされてきたが、今やこの功績も認められていない。零の創始者は〝われらが同類〟ともいえそうなアラブ人になっている。

なんとも妙な話だ。異教の知のありかたに対するキリスト教徒としての恐怖は理解できる。しかし、なぜ科学は恐怖を抱くのか。なぜ科学はウルドゥムハイトのような表現に思わず恐怖を示してしまうのか。エジプトやバビロン、アッシリア、ペルシア、古代インドなどの見事な遺跡を目の当たりにして、わたしたちはウルドゥムハイト！と何度も自分に言い聞かせる。ウルドゥムハイトだと？　またエトルリア人の古墳を目にして、わたしたちはまた自分に問いかける。これはウルドゥムハイトか？　原始的無知か？　いや逆だ、最古の諸民族に、エジプトやアッシリアの帯状装飾《フリーズ》に、エトルリアの絵画やヒンズーの彫刻に、わたしたちは光輝や美を見出す次第だ、さらには、この新型鉄面皮《ノイフレッヒハイト》の世界においてすっかり失われた歓喜と感受性に満ちた知性でさえ、ことあるごとに。もし原始的無知と新型鉄面皮《ニュー・インピュデンス》のどちらを採るかといえば、わたしは前者を採る。

大執事チャールズはアポカリプスに関する本物の学者にして権威であり、自らの専門領域で多大な影響力を持つ人物だ。が、異教の起源という問題で公平たらんと努めながらそうできずにいる。性癖ともいえるひどい偏見は、自らいかんともしがたいほど根強い。ひとたびこの人物が底意をあらわにすると、読者はすぐに事の次第を悟る。チャールズが執筆していたのは戦時中――先の大戦〔第一次世界大戦〕の終わりころ――なので、本人の狂信ぶりについては斟酌《しんしゃく》せねばならない。それにしてもひどい失態を演じたものだ。黙示録評注〔訳注(9)参照〕の第二巻八十六頁目で、チャールズはアポカリプスにおける反キリストについてこう述べている。「これは今後に台頭するはずの、神に反抗する大いなる勢力の見事な肖像だ。正義《ライト》よりむしろ腕力《マイト》を行使し、成功にいたるか否かは時々の運ながら、ともあれ世界の主権を奪取せんとするだろう。後ろ楯となるのが多数の知的労働者で、各々は反キリストの主張をすべて支持し、彼の行動をすべて正当化し、彼の不当で不信心もあらわな要求を甘受せぬ向きを壊滅せしめんと、不穏な気配を漂わせる経済戦争をしかけて彼の政治的意図を実行に移すだろう」。この予見の正当性は、本件についていささかの眼識を持つ学徒には、また当今の世界大戦の経験をもとに本件と向き合う学徒には明白ながら、一九〇八年になって、ジェイムズ・ヘイスティングズ(57)編集による『宗教倫理百科事典』(58)(一九〇八～二六)における「反キリスト」の項で、ヴィルヘルム・ブセットが次のような記述をしていることにわたしたちは気づいた。

『(反キリスト）伝説に対する興味（……）は、今やキリスト教共同体の下層階級、各分派、諸々の変人や狂信者のあいだでのみ見出しうる』。

いかに卓越した預言といえど、ただ一つの事件や一度限りの一連の事件で十分かつ決定的な成果を挙げることはない。事実、もともと預言者や予見者が掲げた目標に関しては、達成不可能かもしれない。しかし、それが偉大な倫理的精神的真理の表現ならば、諸々の時代に、種々のかたちで、程度の差は様々あれど必ず実現されるだろう。正義《ライト》に対して腕力《マイト》を用い、宗教に対してカエサル式帝王絶対主義《カエサリズム》を採り、神に対して国家を押し立てるなど、現在この問題に関してヨーロッパ同盟国《ザ・セントラルパワーズ》[59]が示した態度こそ、第十三章におけるヨハネの預言が今までに挙げえた最大の成果だ。第十三章における反キリストの親玉に対するすこぶる漠然とした内容は、当今の邪悪な勢力の台頭において再現されている。第十三章の反キリストと見られているのは一個人、すなわち悪魔のごときネロだ。だがそうであれ、背後に存するのは性格や目的の面でネロと一体化しているローマ帝国で、この国自体が第四王国ないしは反キリスト王国であり――要するに反キリストそのものだ。したがって当今の戦争に関しては、ドイツ皇帝《カイザー》もしくはその国民が、現代の反キリストなる称号を得るにまことふさわしい主張をなしうるか否か、それはにわかには判断しづらい。カイザーが今日の反キリストの代表であるにせよ、背後に存するドイツ帝国もまったく同じだ。自らの指導者と精神および目的を共有しているのだから――軍事、学術、産業、いずれの面においても。ドイツ国民は〝地を滅ぼさんとする者ども〞［「ヨハネの黙示録」第十一章第十八節］たる古代ローマをはるかに凌駕する次元に存する」

［Robert Henry Charles, *A Critical and Exegetical Commentary on the Revelation of St. John, Vol. 2*, pp.86～7（Edinburgh: Clark）1920］

すなわち、大執事チャールズにドイツ語で語りかける反キリストここにありというわけだ。同時にチャールズのほうも、アポカリプス評注を作成するにあたり、ドイツ人学者の著作を援用している。あたかも、引き立て役として反キリストかウルドゥムハイトという反対勢力を見出せねば、キリスト教や民族学は存在しえぬかのようだ。反キリストやウルドゥムハイトはわたしとは異質の存在だ。当今の反キリストはロシア語を話している。百年前はフランス語を話していたし、明日にはロンドンの下町訛り《コックニー》かグラスゴー訛りを口にしているかもしれない。ウルドゥムハイトの場合は、どんな言葉でも話している。ただし、オックスフォード流やハーバード流、またはそのどちらかを卑屈にまねたたぐいの言葉遣いはしないが。

Ⅶ

子どもっぽい話だ。新時代（つまり今の時代）の始まりは、まことの異教徒、またはギリシア流でいえば野蛮人からなる旧時代の終わりに一致したと、わたしたちも認めねばならない。わたしたちの現文明が紀元前一〇〇〇年前後に初めて生命のひらめきを示したころ、旧世界の偉大な古代文明は衰えつつあった。ユーフラテス川、ナイル川、インダス川の各流域における大河文明や、規模はいくぶん劣るがエーゲ海沿岸の海洋文明のなりゆきを見よ。三つの大河文明やら、ペルシア帝国あるいはイラン[60]、またエーゲ海やクレタ島やミュケナイ、それぞれにおける中間段階の諸文明やらの時代と価値を否定するのは大人げない。こうした文明のいずれかには長い桁の割り算ができたなどとは、誰も言うつもりはない。どの文明も手押し車さえ作り出していなかったかもしれない。現代人なら、十歳の子でも、算数や幾何学どころか天文学においても古代文明の人々を難なく上回ろう。が、だからなんなのだ。

　そう、だからなんなのだ。わたしたち現代人と同じような観念的機械的学識を欠くからとて、現代人より文明や文化の程度が低かったのだろうか、エジプト人やカルデア人やクレタ人やペルシア人やインダス川のヒンズー人は。ラムセス[61]の巨大な坐像やエトルリアの古墳を見たり、アッシュールバニパル[62]やダレイオス[63]関連の文献を読んだりしたあと、こう言ってみようではないか。エジプトの一般大衆の手になる繊細な帯状装飾《フリーズ》の横に並べば、現代の工場労働者はどんなふうに見えるかな。アッシリアの帯状装飾の横に並んだカーキ色の軍服姿の兵士はどうだろ。ミュケナイのライオン像の横に並んだトラファルガー広場のライオン像はどうかな。文明とは何か。文明とは発明品にではなく感性の鋭い生活に表れるものだ。現代人は一国民として、紀元前二、三〇〇〇年のエジプト人に勝るとも劣らぬ何かを持っているだろうか。文化や文明は活気ある意識に照らして吟味される。現代人は紀元前三〇〇〇年のエジプト人よりも活気ある意識を有するか。さて、どうだろう。どうも劣っていそうだ。わたしたちの意識は、範囲こそ広いが、一枚の紙さながらに薄っぺらい。意識にはなんの深みもなくなっている。

諸行無常《ア・ライジング・シング・イズ・ア・パッシング・シング》とは仏陀の教えだ。興隆《ライジング》する文明は衰滅《パッシング》する文明となる。ギリシアはエーゲ文明の衰えの上に興った。エーゲ海はエジプトとバビロンとをつなぐ輪だった。ギリシアはエーゲ文明の衰滅とともに台頭し、ローマも同じように台頭した。なぜならエトルリア文明はエーゲ文明から生まれた最後の力強い波だったからだ。まさにローマはエトルリア人のあいだから興った。ペルシアはユーフラテス川とインダス川各流域の偉大な文化《カルチャーズ》のあいだから興った。むろんいうまでもなく、両文化の衰えのなかで。

興隆する文明はいずれも、衰滅する文明を拒絶せねばならないかもしれない。これはおのれの内なる闘いだ。ギリシア人は蛮族を激しく拒絶した。ところが今や誰もが知るように、東地中海の蛮族はギリシア人自身の大半と変わらぬほどギリシア人だった。ただ、新しい文化には目もくれず、古い文化のありかたにこだわっていたギリシア人、あるいは原住のヘレネス［古代ギリシア人の自称］だっただけの話だ。未開民族的な次元では、エーゲ文明はつねに古代ギリシア《ヘレニック》流だったに違いない。だが古代エーゲ文化は、とくに宗教の関わる基盤では、現代のいわゆるギリシア流とは異なる。古代文明には例外なく確固たる宗教の基盤があったと言い切ってよいのではないか。共同体《ネーション》とは、遠い昔の意味では、教会ないし大規模な秘儀集団だった。秘儀《カルト》から文化《カルチャー》まではわずか一歩分の隔たりだが、発展の道は険しかった。秘儀伝承は古代諸民族の知恵だった。現代のわたしたちが有するのは文化だ。

ある文化が別の文化を理解するのはなかなか難しい。なおかつ文化が秘儀伝承を理解するのはきわめて難しく、まして愚かな向きには無理だ。なぜなら文化が何より知性の活動なのに対して、秘儀伝承は五感の活動だからだ。知性の活動はどの程度まで可能か、ギリシア以前の古代世界はまるで知らなかった。どんな人物だったかはさておくが、かのピュタゴラスでさえ、この問題は知るところでなかった。ヘラクレイトス(64)やエンペドクレス(65)、アナクサゴラス(66)も同じだ。ソクラテスとアリストテレスにいたって初めて新時代の幕開けを感知することになる。

だが一方、古代人の感覚意識はいったいどれほど広く及んでいるか、現代人には想像もつかない。わたしたちはほぼすべて失っているではないか、古代人が備えていたような、複雑に発達した鋭敏な官能感知ないし感覚感知や感覚認識を。あれは、理性の力ではなく、いわゆる本能と直感の力でじかに達しうる底深い知だった。言葉ではなく心像にもとづく知だった。抽象作用が一般化に流れたり属性を表したりせず、象徴を生んでいた。対象同士は論理ではなく情緒で結ばれていた。〝それゆえ〟なる副詞は存在しなかった。本能に発し法則に囚われぬ物理的連結が続くかたちで、心像や象徴が——聖書の詩篇に実例もあるとおり——次々に現れるが、〝どこにも行き着かない〟。どこか行き着くべき地点などないからだ。意識を特定状態にいたらせること、特定状態の感情感知にいたることが念願だったからだ。古代の〝思考過程〟のうち、今日わたしたちに残された具体的なかたちは、せいぜいチェスやカードゲームのたぐいだけかもしれない。チェスの駒やカードの図柄は象徴だ。各々の〝価値〟は催される場ごとに固定されている。各々の〝動き〟の源は論理や法則ではなく力の本能だ。

古代人の精神作用をいくらか把握して初めて、古代人が生きた世界の〝魔術〟が理解できよう。かのスフィンクスの謎かけを例に取ろう。「朝は四本脚、昼は二本脚、夜は三本脚で歩くものは何か」。答えは**人間**だ[67]——わたしたちにとってはばかげた代物だ、このスフィンクスによる大問題は。だが批評という概念を知らず、心像を感じ取っていた古代人のうちには、情緒や恐怖が入り混じり、大きく膨らんで沸き起こったわけだ。四本脚で歩くのは動物だ、動物としてのあらゆる差異性と潜在力を具え、人間の孤立した意識を取り巻く動物だ。謎に対して答えを返すなかで、赤子は四本脚で歩くことが明らかになると、たちまち次の複合情緒が沸き起こる。恐れとおかしみが相半ばしたものだ。というのも自分は動物だと人間は感じているからだ。とくに幼児期にはそう感じられるではないか、本物の動物よろしく四つんばいになって顔を地面に向け、腹というかへそが地球の中心と一体化しているぞ、原始時代の観念では、へそが太陽と一体化しているのが本物の人間だったようだが、と。〝昼は二本脚〟という二番目の一句は、ヒトとサルとトリとカエルからなる複雑な心像を呼び起こした。薄気味悪くもこの四者と同類になるということは、瞬時における想像力のなせるわざであり、わたしたちにはすこぶる難しいが、子どもなら現在でもやっている。〝夜は三本脚〟という最後の一句は驚嘆の念とかすかな恐怖の念とを呼び起こし、荒地と海洋のかなたにある広大な内陸に、いまだ姿を現さぬけものを探し求めよと人々を駆り立てた。

こうしてみると、右の謎かけに対して生じた情緒《じょうしょ》がいかに激しかったがわかる。ヘクトル(68)やメネラオス(69)のような王や英雄でさえ、今の子どもの場合と同じような、いやその千倍も激しく幅広い反応を示した。そうだったからとて、当時の人間が愚者だったわけではない。今の人間のほうがはるかに愚者だ、自らの情緒作用および想像作用を抑え込み、感知力をそぐありさまなのだから。その報いが心身の衰弱だ。わたしたちの単調な思考回路は、もはや自分の活力源にはならない。人間にまつわるスフィンクスの謎かけは、現在でもオイディプス王以前の場合と同じく、いやもっと恐ろしいからだ。今やこの謎かけは、かつてとは大違いで、生ける屍たる人間にまつわる代物となった。

Ⅷ

人間は昔も今も心像にもとづいて物を考える。だが現代人の心像は情緒面の価値をほとんど失っている。わたしたちはつねに〝結論〟つまり究極を求める。頭を働かせるなかで、必ず決着、結末、終止符に行き着こうとする。行き着ければ満足感が味わえる。文章を書く場合のように、わたしたちの知的意識は前へ進んでゆく動きや階段を上ってゆく動きをする。終止符は例外なく〝進展〟やどこかへの到着を示す里程標だ。わたしたちはあくまで進み続ける。どこか行き着かねばならぬところがある、意識には終点があるという幻想を抱きつつ、知的意識が活動しているからだ。ところがむろん終点などない。意識はそれ自体で一つの究極だ。わたしたちはどこかへ達しようと自ら苦しむ。そこに達したところで、そこはどこでもない。達すべきところなどないからだ。

まだ心臓なり肝臓なりが意識のおさまる場だと思っていたころの人間には、こうした思考のあくなき前進という観念はなかった。当時の人々にとって、一つの思考は感情感知の完成状態であり、累積するもの、深化するものであって、そのなかで感情が意識のなかの感情へと深まってゆき、最後にある充足感が生まれていた。思考を完成にいたらせるとは、渦巻きを想わせる情緒感知の深みへと測鉛を垂らすことであり、渦巻く情緒の底で決断の中身が形成された。だがこの決断はある道程における一段階ではない。ここからさらに遠くまで論理の鎖を引きずる必要などはなかった。

右の内容に通じれば、現代人にとってはかつての預言方式や神託方式の真髄を理解する一助となろう。古代の神託は、連鎖する事情全体にぴたりと合う答えを出すものとされていたのではなく、真の力学的価値を持つ一連の心像ないし象徴を示すものとされていた。神意をうかがう者がこの心像ないし象徴について深く考えるに従い、本人の情緒的意識はますます速く回転してゆき、しまいに情緒の強烈な集中状態から決断の中身が形成された。あるいは今様に言えば決断が下された。実のところ現代人も危機に際してはよく同じことをしているのだ。何か重要な決め事があるとき、わたしたちは自分の世界に閉じこもり、何度も繰り返し考える。すると深みにある情緒が動きだし、繰り返し回ってゆくなかで、中心が形づくられ、わたしたちは〝何をすべきかわかる〟。現代では、この強烈な〝思考〟方式を採る勇気のある政治家が皆無であるがゆえに、政治精神は絶対的貧困に陥っている次第だ。

IX

さてここで、アポカリプスに話を戻すが、次の点を頭に置いておこう。すなわち、アポカリプスはその思想展開において、古代異教文明による一所産たるを失っておらず、そこにわたしたちが目にするのは、現代流の前進思考の過程ではなく、古代異教流の回転心像思考の過程だということだ。心像はすべて行為と意味からなる独自の小循環をまっとうし、あとに続く心像に席をゆずる。このことは男児誕生［「ヨハネの黙示録」第十二章第五節参照］以前、あるいは前半部についてはとくにあてはまる。心像は例外なく一個の図式であり、心像同士のつながり方は読者によって多少とも異なる。いや、あらゆる心像に対する理解の仕方は各読者の情緒反応によって異なる。それでもある種の厳密な手順ないし構成がある。

古代人の場合、意識過程において、事あるごとに必ず何か起きるさまを目の当たりにするという点をわたしたちは忘れるべきでない。森羅万象は具象事物であり、抽象概念は存在しない。また森羅万象は何かをおこなっている。

古代の意識にとっては、ラテン語のマテリアすなわち物質《マター》、あるいは実体物は神だ。大きな岩は神だ。水たまりは神だ。そうではないか？　長生きすればするほど、ますますわたしたちはあらゆる幻像のうち最古の表象へと回帰してゆく。大きな岩はたしかに神だ。わたしの手に感触がある。これは否定しようがない。なるほど神だ。

そうなると動く事物は二重の意味で神だ。わたしたちはその神性を二重に感じ取る。そこにある事物として、またそこで動く事物として。神である意味が二倍。万物《エブリシング》は〝物《シング》〟だ。あらゆる《エブリー》〝物《シング》〟はある行為をし、ある結果を生む。宇宙《ユニバース》とは、存在し運動し結果を生む事物の壮大かつ複雑な活動組織体だ。こうしたことすべてが神だ。

古代ギリシア人が神すなわちテオス［神を表すギリシア語］なる一語でどんな存在を表していたか、現代人にはほとんどわからない。森羅万象がテオスだった。だがそうであれ、すべてが同時に神だったわけではない。ある瞬間、自分の注意を引いた事物がなんでも神だった。水たまりを例に取れば、そのたまった水に注意を引かれるかもしれない。ならばそれが神だった。青い光のきらめきがいきなりわが意識を独占するかもしれない。ならばそれが神だった。夕暮れ時、かすかに立ち上る蒸気がわが想像力を掻き立てるかもしれない。ならばそれがテオスだった。水を見たとき、ひどいのどの渇きに襲われるかもしれない。ならばその渇き自体が神だった。あるいは水を飲む、そうして言葉では表しえぬほど心地よく渇きがいやされれば、そのことが神となった。水に触れたとき、ぞくっとする冷たさを感じたら、別の神が生まれたことになった、〝冷たさ〟という神が。これは気配ではなく、一個の現存する実体であり、ほぼ一生物であって、たしかにテオスだったのだ、この冷たさは。さらには乾いた唇に何かが留まる。〝湿り〟だ。これも神だった。初期の科学者や哲学者にとって、〝冷たさ〟や〝湿り〟、〝熱さ〟、〝乾き〟は、それ自体で事物であり、実在であり、神であり、テオイ［テオスの複数形］だった。各々が何事かをおこなったのだ。

ソクラテスおよび〝霊魂〟[70]の登場とともに、有機宇宙《コスモス》は死滅した。二千年にわたって人間は、息絶えたか絶えつつある有機宇宙《コスモス》に生き、来世の天国に望みをかけてきた。宗教はどれも死体や先延ばしされた報いにまつわる宗教だった。つまりどれを取っても、科学者たちお気に入りの言葉を使えば、終末論だった。

現代人には異教精神を理解するのはすこぶる難しい。古代エジプトの逸話の翻訳を与えられたとして、どれを読んでもわけがわからないと言いたくなる。悪いのは翻訳かもしれない。いかにも象形文字による原文が読めるようなふりのできる者などいようか。だがブッシュマン[71]の民間伝承の翻訳を与えられたら、わたしたちは同じく途方に暮れるほかない。言葉はわかりえても、言葉同士の結びつきにはお手上げだ。ヘシオドス[72]の翻訳を、いやプラトンの翻訳を読むときでさえ、原典にはない意味が勝手に付け加えられていると感じられる。誤っているのは内容展開だ、内面的論理の脈絡だ。うぬぼれた言い方かもしれぬが、ベンジャミン・ジャウエット教授[73]の精神構造とプラトンの精神構造とを隔てる溝はおよそ埋めがたい。ジャウエット教授のプラトンは結局ジャウエット教授本人であり、生きたプラトンの息吹は皆無に近い。偉大な異教の背景から引きはがされたプラトンは、実のところトーガ[74]――あるいはクラミス[75]――をまとったヴィクトリア朝流の一彫像にすぎない。

アポカリプスの本質に迫るには、異教の思想家ないし詩人――異教の思想家は必ず詩人だった――の知力の働き方について理解せねばならない。こうした人々はまずある心像を思い描くことから始め、心像に動きを与え、それなりの進路または回路を築くよう導くなり、別の心像を思い描く。神話が立証しているとおり、古代ギリシア人はなんとも見事な心像思想家だった。その心像は驚くほど自然で調和が取れていた。理性の論理より行動の論理に従っており、倫理面で何か思惑を抱くようなやからはいなかった。だがそれでもみな東洋人と比べると、今のわたしたちに近い存在だ。東洋人の心像思考は往々にしてなんの流儀にも、いや一連の行為にさえ則っていなかった。詩篇の一部に実例があるとおり、なんら本質的な脈絡がないままある心像から別の心像へと飛び移っている。そこにはただ不可解な心像の連想があるのみだ。こうしたかたちが東洋人には合っていた。

異教流の考え方を理解するために、わたしたちは終始前へ前へと進むべしという考え方を捨て、円環軌道を辿るよう、あるいは心像群のあいだを次々と飛び回るよう、精神を導かねばならない。だが時間は永久《とわ》に直線上を進むという観念のゆえに、わたしたちの意識は無残にも破壊された。時間は円環状に動くという異教の観念はもっとずっと自由なもので、上下にも動けるうえ、精神状態をいつでもすっかり変えるだけの力を蔵している。一つの円環運動を終えると、わたしたちはまた別の段階へと下りるなり上るなりし、すぐ新たな世界の住人となりうる。だが従来の時間連続方式では、足どり重く別の尾根を辿らねばならない。

アポカリプスにおけるいにしえの流儀は、心像を示し、一世界を創り上げるや、時間と運動と事象とからなる円環体すなわちエポスのなか[76]でその世界から離れることだ。次いで最初の世界とはあまり似ておらず別の段階にある世界へと戻る。〝世界〟は十二という数字にもとづいて確立されている。十二は確立した有機宇宙《コスモス》の基本原理だ[77]。円環は数字七にもとづいておこなわれる[78]。

こうした古代の方式は今もなお残るが、ずいぶん傷ついている。いつも倫理や種族にまつわるなんらかの意味を押し込んでは、方式の美を損ねてしまうのがユダヤ人だ。ユダヤ人の倫理観では、構想という概念は本能的に嫌われる。構想だの華麗な方式だのは異教的で非倫理的な概念というわけだ。だからエゼキエル書とダニエル書を通過したわたしたちにとっては、心像の舞台設定《ミザン・セーヌ》が乱れていたり、ユダヤ教寺院の内実が押し込まれていたり、二十四人の長老［「ヨハネの黙示録」第四章第四節参照］がおのれを見失って必死にユダヤ人たらんとしたりしても、起きても驚くにはあたらない。バビロンの宇宙から発生した浄玻璃のごとき海［同第四章第六節］という言葉は、地上のよどんだ苦い海水とは対照的な天上の輝ける海水を表している。だがむろんこの水も一枚の皿に、つまりユダヤ教寺院の水盤に汲む次第となる。ユダヤ的なるものはすべて内部に向かう。天界の星座や新鮮な蒼穹《そうきゅう》の海水でさえ、かの陰気な雰囲気の幕屋ないし寺院の仕切り内に詰め込むほかない。

ともあれ御座や、星さながらにきらめく四生物や、こうした場面の目撃者たる二十四人の長老からなる冒頭近くの幻視界《ビジョン》［同第四章参照］を、わたしたちが目にするとおりの混乱状態のままパトモスのヨハネは放置したのか、あるいは後世の編纂者たちが真のキリスト教精神にもとづきわざわざ構想をくだいたのか、それはわからない。パトモスのヨハネはユダヤ人だった。だから自身の幻視界が想像可能なものだったか否かはさほど意に介さなかった。だがそれにしても、キリスト教の律法学者たちが〝無難な代物にする《メイク・イット・セイフ》〟べく原型を打ち壊したことは見過ごせない。かねてキリスト教徒は〝物事を無難に〟してきた。

本篇を聖書に組み込むまでには大きな障害があった。東方の教父たち[79]が大反対したからだ。そこで、〝物事を無難におさめる〟べくクロムウェルの流儀にもとづき、異教の表象が鼻や手を切り落とされてしまったにせよ、驚くわけにもゆかない。[80] わたしたちとしては、せいぜい次の点を銘記しておくだけで我慢しよう。すなわち、本篇には異教の核があると思われること、キリスト降誕以前に、ユダヤ人黙示録作者たちの手で一度ならず書き直されたふしがあること、それからパトモスのヨハネが全体を書き直してキリスト教色を強めたらしいこと、さらにあとからキリスト教の律法学者や編纂者が無難な代物に仕立て上げたことだ。このキリスト教関係者どもは百年以上にわたって本篇をこねまわしていた可能性がある。

ユダヤ精神やキリスト教の偶像破壊者によって異教の象徴が多少とも歪曲されたり、ヤコブの子孫《イズリアライティッシュ》が集う例のご立派な幕屋の内部に天界を押し込むべく、ユダヤ教の寺院や儀式に関する象徴が気ままに取り入れられたりするのを許せば、舞台設定《ミザン・セーヌ》すなわち支配者を称える有機宇宙のけものをはべらせた御座やら、虹や雲のごときプリズムふうの光輝――〝イリスも雲なり〟[81]――を全身に浴びて、まさに虹に包まれた感のあるコスモクラトールやら、そうした存在からなる幻視界についてわたしたちもはっきりした観念を抱きうる。このコスモクラトールは碧玉《へきぎょく》や赤瑪瑙《めのう》さながらに輝いている［「ヨハネの黙示録」第四章第三節参照］。評注者たちは黄緑色だとしているが、エゼキエル書では有機宇宙の炎《コスミックファイア》の光彩として琥珀金《アンバーイエロー》だと記されていた［第一章第四節参照］。碧玉は占星術でいえばわたしたちの時代の宮である双魚宮《ピスケス》に相当するが、今やわたしたちは双魚宮のふちを超えて新たな宮にして新たな時代へ入りつつある。イエスも紀元後最初の数世紀は同じ理由で魚と呼ばれていた。[82] 元来カルデア人のあいだで信じられていた星伝説は、かくも強い影響力を人間の精神に及ぼしたわけだ！

御座から稲妻、雷、声がさまざまに発せられた［「ヨハネの黙示録」第四章四節。雷と声の順番は逆］。雷は有機宇宙初の壮大な発話だった――それ自体が一つの存在であり、全能者《オールマイティ》または宇宙形成者《デミウルゴス》の別のありさまといえた。声は創造の前兆となる有機宇宙初の壮大な音だった。最初の言葉《ロゴス》［「ヨハネによる福音書」第一章第一節、「ヨハネの黙示録」第十九章第十三節参照］は、天地創造以前における混沌《カオス》状態のなかを笑いさざめき、有機宇宙《コスモス》を創り上げる雷鳴だった。しかしながら、全能者でもある**雷鳴**と、**烈火の全能者**として生命の炎――烈火の言葉《ロゴス》――を最初にほとばしらせた雷には、破壊力を秘めた憤怒の一面もある。創造を知らせる雷鳴が宇宙いっぱいにとどろき、稲妻は生命の炎に包まれながら矢のごとく放たれる。だが逆に、雷も稲妻も破壊者になりうる。

さらに御座の前には七つの灯火があり［「ヨハネの黙示録」第四章第五節］、神の七つの霊だと記されている。ふつうこうした作品での説明は怪しいものだ。ともあれ七つの灯火は七つの星（太陽と月も含んで）のことで、天界から地上やわたしたちを**支配する**七つの存在だ。昼間を創り、地上の全生命を創る偉大な太陽、潮の干満をつかさどり、わたしたちの未知なる肉体存在、すなわち女性の月経期と男性の性的周期をつかさどる月、それから五つのさすらう大きな星たる火星、金星、土星、木星、水星、こうした存在はまたわたしたちの週日をなしており、かつてと同じく今もわたしたちの支配者だ。ただ、それがおおよそ意識されていない。太陽が自分にとって生きるかてであることはみな知っている。だがほかの星がどこまでかてとなっているかはわかっていない。みな単にすべてを万有引力のせいにするのみだ。だがそうであれ、妙な細い何本もの糸がわたしたちを月や星群に結びつけている。こうした糸がこちらに零的引力を及ぼしてくることを、わたしたちは月に学んでいる。だがほかの星についてはどうか。現代人にどこまで知っているか。わたしたちはこのたぐいの感知力をなくしてしまった。

しかしながら、わたしたちはアポカリプスという劇――天界と呼びたい向きはそう呼んでよい――の舞台設定《ミザン・セーヌ》をした。まさに今わたしたちが目の当たりにしている完結宇宙《コンプリート・コスミック》だ――〝回心せぬ宇宙《アンリジェネレイト・コスモス》〟だ。

全能者は書物を手にしている［「ヨハネの黙示録」第五章第一節］。この書物はユダヤ人の象徴だ。ユダヤ人は学究肌の民族で、いつの時代も変わらず人の罪を数え上げて、その記録をりちぎに保存してきた。だが一冊の書というユダヤ人の象徴は、七つの封印［同第四章第一〜五節参照］によって、七つからなる円環を巧みに表現するだろう。ただし、各々の封印を解いてから、書物をどのように少しずつ開いてゆくのかはわたしにもわからないが。というのも、この書物は巻かれた巻物であり、ゆえに七つの封印をすべて解かない限り文字どおり開けることはできないからだ。とはいえ、こんなのは些事だ――黙示録作者にとっても、わたしにとっても。あるいは最後まで開けるつもりはないのかもしれない。

巻物を開くのはユダ族から出でし獅子［同第五章第五節］と考えられている。だが見よ、舞台に現れたこの百獣の王は、七つの角（力を、七つの力ないし権威を表すもの）と七つの目（くだんの星）を持つ小羊だった［同第五章第六節参照］。ライオンを想わせる恐ろしげな咆哮がたえず聞こえるが、目に入るのはそんな怒りをあらわにする小羊の姿だ。パトモスのヨハネの小羊は羊の皮をかぶったおなじみのライオンだ。最も恐るべきライオンさながらにふるまっている。ただし、こいつは小羊だとヨハネは言い張っている。

ライオンびいきながらヨハネは小羊にこだわらざるを得ない。なぜなら今や獅子宮《レオ》は白羊宮《アリエス》に取って代わられねばならぬからだ。ライオンと同じく血の生贄を捧げられた神が全世界を通じて背景に押しやられ、生贄にされた神が前景を占めねばならぬ次第だ。神を生贄としてさらに価値ある復活を求める異教の秘儀はキリスト教より古くからあり、こうした一秘儀のもとにアポカリプスは成り立っている。それは小羊でなければならない。あるいはミトラ(83)の場合のように、雄牛でなければならない。秘儀を伝授される者は、掻き切られた雄牛ののどから噴き出た鮮血にまみれ（のどを掻き切った者たちは牛の頭を高く掲げる）、新たな人間に変わる。

「小羊の血もてわれを清めよ
さらばわれ雪より白くなるべし」［救世軍の賛美歌「血の泉に恵みあれ」から。「詩篇」第五十一章第九節、「ヨハネの黙示録」第七章第十四節参照］

と、救世軍が市の開かれる広場でがなるように歌っている。小羊じゃなくて雄牛でもよさそうだよとささやいてやったら、さぞびっくりするのではなかろうか。いや、そんなことはないか。連中とて、ぴんとくるかもしれない。社会の最下層では、宗教の存在意義は大昔からほとんど変わらない。

（ところが、大古において牛百頭を生贄にした際は、当事者たちは牛の頭を地面に押しつけ、掘った穴に向けてのどを掻き切った。ヨハネの小羊はこの屠殺用のものだったのか）

神は人にほふられるけものとなったのだ、人をほふるけものではなく。そこでユダヤ人の場合、神は小羊でなければならなかった。伝統の過ぎ越し祭の生贄にならんがためもある。ユダ族のライオンは羊毛をかぶった。しかるに、その牙によりて獅子なるを知るべし《バイ・ゼア・バイト・イー・シャル・ノウ・ゼム》［「マタイによる福音書」第七章第二十節参照］。ヨハネは〝ほふられたるがごとき〟［「ヨハネの黙示録」第五章第六節］小羊だと言い張る。だが小羊がほふられる姿など誰も見ていない。目にするのは百万単位の人間を小羊がほふるさまのみだ。勝利の血にまみれた衣をまとって小羊が現れる最後の場面でさえ、その血はおのれの血ではなく、敵たる諸王の血だ。

「わが敵の血もてわれを清めよ
さらばわれまことのわれとなるべし」

というのが、実はパトモスのヨハネの言わんとするところだ。

そこから賛歌が続く。そう、まさにおのが存在を誇示せんとする神を称える真の異教の賛歌だ。確立した有機宇宙《コスモス》における十二に倍する数の長老、実のところこの人々は御座のまわりを囲む〝座位《くらい》〟に位置する十二宮で、ヨセフの夢に出てきた束［「創世記」第三十七章第五～八節参照］よろしく、立ち上がっては御座に向かっておじぎを繰り返している。芳香を漂わす鉢［「ヨハネの黙示録」第五章第八節参照］には表示がしてある——聖徒の祈禱。たぶんどこかの小物キリスト教徒がのちに書いたのだろう。いよいよ劇の幕が開いた［第六章から七つの封印が一つ一つ開かれることを指すか］。

X

名高い四人の騎士［「ヨハネの黙示録」第六章第一～八節］とともに劇は佳境に入る。四者はどう見ても異教徒だ。ユダヤ人ふうでさえない。馬にまたがり表舞台に現れる——ただ、なぜ巻物の封印が解かれるごとに一人ずつ姿を見せるのかはわからない。それぞれいきなり現れ、たちどころに去ってゆく。それで終わりだ。見せ場は最小限度にされている。

ともあれ四者が姿を見せた。明らかに占星術や十二宮にまつわる存在で、あるもくろみのもとにやってきた。どんなもくろみか。今度の中身は有機宇宙よりまさに個人や人間に関わる。このくだりにおける七つの封印のある有名な巻物は人間の身体《からだ》だ。人間の、アダムの、誰といわず人間の身体だ。七つの封印は人間の動態的意識の七つの中心ないし門だ。わたしたちは人体における偉大な心霊的中心の開封および征服を目の当たりにする。古いアダムは征服され、死亡し、新しいアダムとして再生する。だがそれには段階がある。七つの段階が、というより六つの段階と七つ目すなわち頂点が。人間の知覚は七層にわかれており、次第に深く高くなってゆく次第だ。これは意識の七領域ともいいうるもので、一つ一つ征服され、変形され、純化されねばならない。

人間における意識の七領域とは何か。いかようにも答えてけっこう、誰にでも自分なりの答えが出せる。だが〝一般の〟見方に従えば、この七つは人間における四つの動態的な資質と三つの〝いっそう高度な〟資質だ。象徴はなんらかの意味を表すものだ。それでもその意味は各人で異なる。ある象徴の意味を一つに決めつけると、陳腐な寓意のわなにはまるはめになる。

馬はどこまでも馬だ！　大古の諸民族、とくに地中海沿岸の人々の精神を、馬はいかに強く支配していたことか！　かつて馬の所有者はすなわち権力者だった。わたしたちの暗い魂のはるか奥で馬が跳ね回っている。こいつは何にも勝る象徴だ。わたしたちに支配権を与えてくれる。わたしたちと勢威をふるう目にも鮮やかな全能者とを結びつけてくれる。初めて触れて感じられるような、全能者との脈打つ結びつきだ。またこの馬はわたしたちの身体における神性の起こりだ。象徴として、地獄《アンダーワールド》を想わせる魂の暗い草地を駆け巡っている。

あなたの魂やわたしの魂の暗い野原を足音も荒く動き回っている。天から降りてきて人間の娘たちのなかに入り、巨人族ティタンを生んだ神の息子たち、この神の子らには〝馬の男根〟があるとエノクが述べている［「第一エノク書」第六～七章、「第二エノク書」第十八章第一～六節。「創世記」第六章第一～四節も参照］。

ここ五十年のうちに、人間は馬を失った。今や人間も滅びた。命と力を失った——雑魚、不良品だ。馬が街路を元気に走り回っていたころのロンドンは生きていた。

馬だ、馬だ！　人間における怒涛のごとき威力や運動力、行動力の象徴。英雄たちがまたがったあの馬。イエスでさえロバに乗っていた。劣った力の乗り物だ。だが馬は真の英雄の乗り物だ。様々な力、様々な英雄的情熱や衝動のための馬がそろっている。

白い馬の乗り手［「ヨハネの黙示録」第六章第二節］！　これは誰か。説明を求める者には決して真相はわかりえまい。それでも説明をするのはわたしたちの宿命だ。

かの中世生理学における人間の四種分類を例に取ろう。多血質、胆汁質、憂鬱質、粘液質の四種だ！　このくだりで四色の馬が現れる。白い馬、赤い馬、黒い馬、蒼ざめたないし黄みがかった馬。だが多血質がなぜ白なのか——そう、血は生命それ自体、生命そのものだからだ。生命それ自体の力そのものがまばゆいばかりに白かった。いにしえのころ、血は生命であり、力として思い描かれたとき、白光さながらに輝いた。紅《スカーレット》と紫は血の衣にすぎなかった。鮮やかな赤に包まれた目も覚めんばかりの血よ！　この血そのものが純な光を想わせた。

赤い馬はかんしゃくだった。ただの立腹ではなく自然の燃焼性、いわゆる熱情《パッション》だ。

黒い馬は黒胆汁、御しがたき性質だった。

そうして粘液つまり身体の淋液巴が蒼ざめた馬だった。度が過ぎると死を招き、あとには冥界《ハデス》が待っている。

あるいはまた、四惑星にまつわる人間の性質を取り上げよう。木星的（＝jovial）つまり陽気、火星的（＝martial）つまり勇敢、土星的（＝saturnine）つまり陰気、水星的（＝mercurial）つまり敏活だ。ラテン語の意味のかなたにあるギリシア語までさかのぼると、この四つは別の比較にもうまく当てはまる。偉大なJoveすなわちユピテル［ギリシア神話ではゼウス］は太陽で、生きた血すなわち白い馬だ。怒れるマルス［ギリシア神話ではアレス］は赤い馬にまたがっている。サトゥルヌス［ギリシア神話ではクロノス］は黒く、粘り強く、御しがたく、暗い。メルクリウスは実はヘルメスのことで、冥界のヘルメスだ、魂の案内役、二つの道の見張り役、二つの扉の開き手であり、地獄あるいは冥界を動き回る。

二つの照応例がある。ともに肉体に関わる例だ。有機宇宙にまつわる意味はひとまず措こう。なぜならここでの趣旨は有機宇宙より肉体だからだ。

象徴として現れた白馬には何度も会うことになる。ナポレオンでさえ白馬を持っていないのか？　わたしたちの精神が活気をなくしたあとも、いにしえの意味がわたしたちの行動を操っている。

だが白馬の騎士は冠を与えられている。この者は王たるわたしだ、まさにわたしだ。白馬は人間にとって宇宙の秩序を維持する超自然力《マナ》(84)だ。騎士はほかならぬわたし自身、わが聖なる自我であり、行動の新たな円環のなかへ小羊に呼び込まれ、勝利をめざして出陣するのだ、古い自己に勝って新たな自己を生み出すために。自己における他のあらゆる〝力〟に勝つのは実際この騎士だ。矢を手にして、太陽のごとく勝利をめざして出陣するが、剣《つるぎ》は持たない。剣は暗に審判を表す［「ヨハネの黙示録」第十九章第十五節の記述と比較せよ］からだ。騎士は力感あるいは活気あふれるわが自己だ。その弓は三日月よろしく引き絞った弓形の肉体だ。

神話ならではの展開ないし祭儀の比喩的形象はすべて省かれている。白馬の騎士は姿を現し、すぐさま消え去る。だがわたしたちには、なぜ騎士が現れたかわかっている。アポカリプスの終わり近く［同第十九章第十一節。この段落は第十九章について述べている］で、なぜかの白馬の騎士と、すなわち〝諸王〟を相手に完全勝利をおさめたあとに現れた天来のごとき**人の子**と対比されるのかわかっている。人の子は、あなたやわたしでさえ、ささやかな勝利をおさめんと出陣する。ともあれ**大いなる人の子**は世界の最終征服のあとで白馬にまたがり、軍勢をしたがえる。まとった衣は諸君主の血に赤く染まり、衣の大腿部には〝**王の王、主の主**〟なる称号が記されている（なぜ大腿部なのか。答えは読者諸氏が出してほしい。ピュタゴラスも寺院で自らの金色の太腿を見せなかったか(85)、いにしえの地中海における力強い太腿が何を象徴していたか、読者はご存じないのか）。ともあれ白馬にまたがった最後の騎士の口から、かの審判を告げる神の言葉《ロゴス》たる人を死に追いやる剣が飛び出す。ではここで、審判を下す任を与えられていない騎士の弓と矢の問題に立ち戻ろう。

この神話については、象徴がむきだしになるまで飾りが省かれている〔以下「ヨハネの黙示録」第六章参照〕。第一の騎士はただ出陣してゆくだけだ。第二の騎士が現れると、平和は奪われ、闘争と戦闘が現世に起こる——実のところ、起こる場所は自己の内部世界《インナーワールド》だ。肉体における〝諸成分〟の分量や正しい比率を測る器械として、秤をたずさえている黒い馬の乗り手が現れると、パンが不足する。葡萄酒とオリーブ油は損なわれずにすむが。このくだりでのパンすなわち大麦は、生贄にされた身体ないし肉体を象徴している——ギリシアの祭礼で、神に捧げる生贄のからだ一面に大麦をかけるように。「汝ら、わが身体なるこのパンを取れ」〔「マタイによる福音書」第二十六章第二十六節、「マルコによる福音書」第十四章第二十二節、「ルカによる福音書」第二十二章十九節〕。肉体は今や飢餓状態にあり、消耗している。最後の四番目に蒼ざめた馬の乗り手が現れるや、物理的ないし動態的自己は蘊奥《うんおう》を授かる者の〝仮死〟状態において死を迎え、わたしたちはおのが存在の冥界あるいは地獄に入る。

わたしたちはおのが存在の冥界あるいは地獄に入る。肉体が〝死んでいる〟からだ。だがこの冥界の勢力ないし悪霊は、ただ地上の四分の一を、すなわち肉体の四分の一を痛めつけるのみだ。つまり、死とは霊的象徴にすぎず、痛めつけられるのは既製の創造物の一部たる身体のみということだ。仮死状態にある肉体は飢餓と物理的苦痛に見舞われるが、さらなる打撃にはまだ遭わない——こうした事態は災いではなく、聖なる罰であり、わたしたちは全能者の怒りを買ったわけではない。

四騎士については粗雑で浅薄な解釈がある。だがおそらくそこには真相が暗示されていよう。ティトゥス帝時代[86]やウェスパシアヌス帝時代[87]の飢餓について語る正統派の注釈者たちは、末期のある黙示録作者にしたがい、大麦や小麦のくだりを正しく読み取っているかもしれない。元来の異教的意味は、例の〝**キリスト教会**〟**対邪悪な異教勢力**という図式に合う意味へと、故意に塗り替えられている。だがそれでも騎士そのものには手が及んでいない。ことによると黙示録のなかで、いにしえの意味が故意かつ奇怪に削除され、混乱をもたらされ、改竄されたありさまを調べるには、この箇所は最適だ。ただ構成の骨子は手つかずのままだが。

ところで、ほかに封印が三つ残っている。これが開いたらどんなことが起きるか。

第四の封印および騎士についてのくだりのあとで、異教の秘儀で蘊奥を授かる者は肉体面で死ぬ。とはいえ、冥界の旅がまだ残っており、生ける〝私〟は魂と霊を自ら捨てねばならず、それで初めて地獄の最奥の門を出て、新たに迎えた日に赤裸の姿で現れることができるわけだ。というのも、魂と霊と生ける〝私〟が人間の聖なる三種の本性だからだ。四種の肉体的本性は地上で捨てられる。冥界では聖なる本性のうち二種のみが取り上げられる。三種目の本性はむきだしの炎で、新たに迎えた日には、今までに縁のなかった霊の身体、魂の身体、四重の地上的本性を蔵する肉の〝衣〟を次々とまとう。

さて異教の原典には、冥界の旅や魂および霊の剝奪といったことが確実に記述されていた。

こうして神秘的な死が六重に実現し、第七の封印は死の最後の絶叫であり、同時に新生の歓喜を雷鳴さながらに響き渡らせる最初の歌声となっている。

だがユダヤ精神は寿命ある人間における地上の神性を嫌悪している。その点はキリスト教精神も同じだ。人間が神性を得るのはずっと先のこと、すなわち死んで神の栄光のもとへ行くときだ。肉体に神性を宿らせるのは許されない。ゆえにユダヤ教徒やキリスト教徒の黙示録作者は、冥界への個人の冒険という奥義を打ち消し、祭壇のもとで復讐を求めて声を上げる多数の殉教者の魂を代わりに描いた――復讐はユダヤ人にとって神聖な義務だった。この魂が今しばらく待つよう命じられる――やはり運命は先延ばしされる――うち、殉教者の数はさらに増える。魂は白い衣を授けられるが、これは時期尚早だ。白い衣は新たによみがえった身体のことだから。どうして冥界で、墓場で、こんなうるさい〝魂〟が白い衣を着られるだろう。いずれにしろ、第五の封印をめぐって、ユダヤ教徒とキリスト教徒の黙示録作者がもたらした混乱は以上のような次第だ［この段落については「ヨハネの黙示録」第六章第九～十一節参照］。

〝私〟という最後に残った生ける精髄《クイック》から魂を奪い取る第六の封印については、黙示録作者によって天界の混乱と災難に書き換えられた。太陽は毛の荒い布地のように暗くなる。つまり太陽が大きな黒い球体となり、あたりを一気に暗く変えるということだ。月は血のようになる。これも異教精神の恐るべき反転にかぞえられる。月は人体における水分の母だからだ。血は太陽に属する。月は娼婦か魔女さながら、妓《メ》女《レトリックス》か吸血鬼の邪悪そのものの面もあらわに、赤い血に酔いしれるのみだ。肉体の泉に冷水を供給する役目の存在なのだが。星は空から落ち、巻物が巻き取られるごとくに天は消え去る。「山も島もことごとくおのが場所から移されたり」［「ヨハネの黙示録」第六章第十四節］。これはつまり天地創造以前における混沌《カオス》状態の復活であり、有機宇宙的秩序ないし創造の終焉ということだ。とはいえ壊滅状態ではない。なぜなら地上の諸王はじめ人々は、小羊の永久《とわ》に沸き起こる怒りを向けられまいと、移動した山々にずっと身を隠しているからだ。

まちがいなくこの天界の災難は、原典に描かれた蘊奥を授かった者の最終的な死に対応している。身体から魂を抜き取られ、死を実感するが、冥界でまだ生命の最後の細長い炎を消さずにいる者の姿に。だが残念ながら黙示録作者たちは、やらでもがなのことをした。それゆえアポカリプスは天界の災難続きの単調な代物になっている。奥義伝授の儀式に関する異教の記録が取り戻せるなら、わたしたちは喜んで新しきエルサレムをあきらめよう。前述のたえざる〝小羊の怒り〟なるくだりは、歯の抜けた老人のくだくだしいこけおどかしさながら、こちらをいらつかせてくれる。

とはいえ秘儀がからんだような死の六段階は終わった。第七段階は死および生だ。ここで人間の永久《とわ》なる自己の最終的な細長い炎が地獄から浮かび上がり、消えた瞬間、金色の太腿と栄光に輝く顔をした新たな身体の持ち主の、舌のように分かれた新たな炎［「使徒言行録」第二章第三節参照］となる。だがまずいったん動きが止まる。自然な休止だ。筋の展開は停止され、別の世界へ、外部の有機宇宙へ移行する。ここで小規模な一連の儀式がおこなわれ、そのあとに第七の封印すなわち破壊と栄光の物語が始まる。

XI*

*「ヨハネの黙示録」第七章の内容について

創造物が正方形で、創造物ないし創造された宇宙《ユニバース》の数が四であるのは周知のとおりだ。天界の四隅から四つの風が吹く。三つは悪風、一つが良風だ〔伝統的に西風は良風だとされている〕。風がすべて解き放たれると、天界には混沌が、地上には破壊が生じることになる。

風の四天使[88]は、おのれの風を押さえつけよ、大地も海も木々も、すなわち現世そのものを損なってはならぬと命じられている。

だが東から神秘の風[89]が吹き、満帆を揚げた船に対する場合と同じく太陽や月を押し上げ、ゆったり滑るように走る船さながら天界の端から端まで運んでゆく——これが紀元前二世紀における一信仰だった。東の方《かた》から天使が昇ってき、破壊の風よ、神のしもべのひたいに刻印を押すまでしばし吹くなと声を上げる。そうしてユダヤの十二部族が長々と列挙され、刻印される。くだくだしいユダヤ式手順だ。

場面は変わり〔第九節〕、おびただしい数の群衆が現れる。白い衣をまとい、手に棕櫚《しゅろ》の枝を持ち、御座と小羊の前に立ち、大声で叫ぶ。「救いは御座に坐したもう我らが神と小羊にこそあれ」［第十節］。すると天使と長老と翼のある四つの生き物が御座の前にひれふし、神を敬いながら言う。「賛美、栄光、知恵、感謝、名誉、能力、威力、永久《とわ》にも倍して我らが神にあれ、アーメン」［第十二節］

第七の封印が開かれることをこのくだりは暗に示している。天使は四つの風に対して静まれと声を上げる。恵みを受けたる者あるいは新たに生まれたる者が現れるまでは、と。そこへ「大いなる辛苦を経てきたる」［第十四節］者、すなわち死と再生の蘊奥を授かった者たちが誇らしげに現れる。鮮やかな白い衣を新たな身体にまとい、手に生命の木の枝を持ち［第九節参照。手にしているのはなつめやしの枝］、燦然たる輝きを放ちながら全能者の前に進み出る。そうして歌で全能者を称えだすと、天使も応ずる。

黙示録作者の意図とは異なり、どうやら場所はキュベレの寺院のようだが、寺院の地下の暗黒空間から支柱の前の燦然たる光輝の空間へと、蘊奥を授かった異教徒が飛び出てくるさまをわたしたちは目の当たりにする。死からよみがえり、目をくらませているこの異教徒は、白い衣に身を包み、棕櫚の枝を手にしている。管楽器がまわりで歓喜の調べを高らかに吹き鳴らし、舞姫たちも花冠をかぶせようとしている。閃光が何度も走り、香の煙が巻き上がり、華やかな衣装を身につけた男女の祭司がおのれの腕を差し上げ、再生者の新たな誉れを歌で称えつつまわりを取り囲み、いわば恍惚とした面持ちで崇め奉る。かなたの群衆は息を呑んでいる。

寺院において、光輝や奇観、管楽器の音色、揺らぐ花冠に囲まれ、おののきながら目を見張る群衆の面前で展開されるこの活気ある場面、すなわち新たに蘊奥を授かった者に対する賞賛や、この者と神との一体化ないし同化の場面は、イシスの秘教儀式の終焉だった[90]。こうした場面は黙示録作者の手でキリスト教流幻視界《ビジョン》へと変えられた。ともあれこの場面が展開されるのは、第七の封印が開いたのちだ。個人における蘊奥伝授の円環がなされた。大がかりな闘争と征服は終わった。蘊奥を授かった者は死に、新たな身体で生き返る。ひたいに仏僧を想わせる刻印を押される。本人が死を遂げ、第七の自己ができあがったこと、また本人は二度生まれ、今や神秘の目ないし〝第三の目[91]〟が開いていることを表す印だ。蘊奥を授かった者は同時に二つの世界を視野におさめうる。あるいは、鎌首をもたげた蛇の記章《ウラエウス》［古代エジプト王の象徴］を王冠の眉間部分につけたパロのように、太陽における最後の誇り高い力を手中にしている。

だがこうしたことはすべて異教と不敬の表現だ。キリスト教徒は、この地上で生活を営むなかで、新たに聖なる身体を得て立ち上がることを許されない。

ひたいの刻印は灰かもしれない。肉体の死の刻印ということだ[92]。あるいは緋色か栄光、新たな光か幻像かもしれない。実はこれこそほかならぬ第七の封印なのだ。

ここでこの章は終わる。天空に半時間ほどの沈黙が訪れる［「ヨハネの黙示録」第八章第一節参照］。

XII

古代異教の原典ではこの箇所が結末部だったのかもしれない。ともあれ劇的物語における第一円環は完成した。いにしえの一黙示録作者は、いろいろためらいを覚えつつも第二円環を描き始めた。今度は個人のことではなく、大地あるいは世界の死および再生の周期が主題だ。この箇所もパトモスのヨハネよりずっと古いと感じられる。にもかかわらずユダヤ色が濃厚で、ユダヤ人流の倫理的で天変地異に関わるような幻像を通じて、異教精神が妙に歪曲されている。さらには、天罰と不幸に対する異様なこだわりがアポカリプス全篇を通じて見られる。ここまで来ると、わたしたちはまさにユダヤ教の色彩を目の当たりにする。

だがそれでも古代異教の観念は残存している。香の煙が全能者の鼻孔にまでもうもうと立ち登る［「ヨハネの黙示録」第八章第四節参照］。この立ち込めた煙は寓意を与えられ、聖徒の祈りを届けるものとされる。続いて聖なる火が地上へ投げつけられ、世界や大地や群衆のひとときの死や最終的な再生とをもたらすことになる。天使七者、神の七種の力動性を表す天使七者［「第一エノク書」参照］は、七つの喇叭を与えられ、七つのお告げをする［「ヨハネの黙示録」第八章第六節参照］。

さて、今やユダヤ教色を強めたアポカリプスは、**七喇叭**からなる第二周期を展開させる。

この場でも全体は四と三とに区分される。聖なるご意向のもと、有機宇宙《コスモス》が死（ひとときの死）を迎え、喇叭が吹き鳴らされるたびに、世界の三分の一が破壊される。四分の一ではない。神性の数字は三だ。正方形たる世界の数字は四だ。

第一の喇叭《トランプ》が鳴ると、植物生命の三分の一が破壊される。

第二の喇叭《トランプ》が鳴ると、すべての海洋生命の三分の一が破壊される。船舶でさえ同じだ。

第三の喇叭《トランプ》が鳴ると、地上の淡水の三分の一が苦くなり、毒となる。

第四の喇叭《トランプ》が鳴ると、天界すなわち太陽、月、星群の三分の一が破壊される〔この四つの喇叭のくだりについては「ヨハネの黙示録」第八章第七〜十二節参照〕。

以上のことは第一円環における第四の騎士に対応している。ユダヤ色の強いアポカリプスにおける不体裁な対応の仕方だが。これで物質的有機宇宙《コスモス》もひとときの死という目に遭う次第となった。

続いて起きるのが〝三つの災難〟で〔以下は「ヨハネの黙示録」第九章参照〕、これは世界の物質部分ではなく（今は擬人化された）世界の霊と魂に禍を及ぼす。星が一つ地上に落ちる。天から降りる天使を表すユダヤ流の形態だ。この星は底なしの淵――冥界のユダヤ流表現だ――に通じる鍵を手にしている。筋は第一円環の場合とは異なり自己の地下世界ではなく、有機宇宙《コスモス》の下層界へと進んでいる。

今やどこを取ってもユダヤ色と寓意性が強く、もはや象徴性は消えている。わたしたちが下層界にいるため、太陽と月は暗くなる。

底なしの淵は下層界と同じく、有害な力に満ちており、人間にとっては災難だ。というのも底なしの淵は下層界と同じく、退けられた創造力を代表しているからだ。人間の古い本性は新たな本性に屈し、取って代わられねばならない。屈するなかで冥界へと遠ざかるが、しかも生き続ける。地下世界で滅することなく、害をなし、取って代わられ、かつ邪悪な力を保っている。

この深遠きわまる真理はあらゆる古代宗教に具現化され、地下世界の力に対する信仰の根本をなしている。地下世界の力に対する信仰ないし地下神《クソニオイ》こそ、古代ギリシアにおける宗教の基盤だったのかもしれない。人間が自分の地下世界における力――実のところかつて押しのけられた自己における古い力――を抑える勇気を持たず、供犠や全燔祭でその力を鎮める知恵も持たなければ、その力に反発されて再び破滅に追い込まれる。ゆえに新たに生命を一つ一つ征服するとは、すなわち〝キリストの黄泉降下(93)〟ということだ。

同じように、宇宙の壮大な変化が生じるたび、古い宇宙は退場し、新たな創造にとって悪魔さながらに有害な存在となる。これがガイア(94)⇓ウラノス(95)⇓クロノス(96)⇓ゼウス(97)とつながる神話の背後にひそむ一大真理だ。

それゆえ全宇宙には有害な一面があるわけだ。太陽も、偉大な太陽も、押しのけられた宇宙の日の廃れた太陽である限り、生まれたばかりの壊れやすいわたしにとって、憎悪と悪意なぜならわたしにとって、この太陽はわたしに害を及ぼす。かつ敵意を抱いているからだ。苦闘するわたしの自己の内部で、この太陽はいまだ力を持っており、かつ敵意を抱いているからだ。なぜなら廃れたわたしの自己に対していまだ力を持っており、生命とりわけ人間の生命にとって有害だ。

さらには、宇宙の海洋は、その老朽性と、退廃性ないし深淵性とにおいて、生命とりわけ人間の生命にとって有害だ。偉大な月にしてわが内なる水の流れの母は、古くて涸れた月である限り、わが肉体にとっては敵対し、有害で、憎悪を秘めた存在だ。というのもこの月はいまだわが古き肉体に対して力を持っているからだ。

これが〝二つの災難〟［「ヨハネの黙示録」第九章第十二節］のかなたで背景をなす意味だ。すこぶる深い意味だ、パトモスのヨハネにとっては深すぎるほど深い。第五の喇叭《トランプ》を合図に底なしの淵からイナゴが現れるというかの第一の災難［同第九章第一～十一節］は、複雑ながら理解できぬこともない象徴だ。イナゴは地上の植物には害を及ぼさないが、ひたいに新たな刻印を押されていない人間に対しては別だ。苦しみを与えるものの、殺すことはできない。これはひとときの死だからだ。イナゴは五カ月間だけ苦しみを与えられる。五カ月は一定の季節、太陽の季節であり、おおよそ一年の三分の一にあたる。

このイナゴは戦闘に向かうべく具えた馬のごとき存在だ。馬だ、馬だ、敵意のこもった潜在力ないし実力そのものだ。

イナゴは女の髪に似た髪を生やしている――風になびくとさかさながらの太陽の力ないし太陽の光線だ。

イナゴはライオンの歯を生やしている——悪意に満ちた一面を持つ赤きライオンのごとき太陽だ。

イナゴは人間に似た顔をしている。人間の内部生命にのみ敵対するよう仕向けられているからだ。

イナゴは金の冠に似たものをかぶっている。太陽の王族だ、王族の血を引く天体だ。

イナゴは尾に針を蔵している。つまりイナゴは反転しているなり地獄に関わるなりした創造物で、かつては善良だったが、もはや他に取って代わられ、過去の秩序に属しており、今では反転して地獄に関わる存在として、いわば後ろ向きに針を刺している。

イナゴの群れの王がアポルオン[98]だ——これはアポロンだ、（異教的で、それゆえ地獄的な）偉大なる太陽神だ。

自身にとって不可解な、混乱や混合を重ねた象徴をついに理解可能なものとするや、いにしえのユダヤ教徒黙示録作者はこう宣言する。第一の災難は過ぎ去りましたが、これからさらに二つの災難が生まれます。

XIII

第六の喇叭が鳴る［「ヨハネの黙示録」第九章第十三節］。金色《こんじき》の祭壇から声が聞こえる。「大なるユーフラテス川のほとりにつながれたる天使四者を解き放て」［同第九章第十四節］

この四者は明らかに四隅［既出］の天使たちだ。風の四天使ともいう存在だ。バビロンの邪悪な川ユーフラテスは、地獄にまつわる側面を持つ地下水、あるいは底なしの淵の地下海《アンダーオーシャン》を表している。

天使は解き放たれ、同時に悪霊のごとき総勢二億からなる騎兵の大軍が底なしの淵から現れる。

二億の騎士の馬はライオンを想わせる頭をしており、口から火と硫黄を吐き出している。騎士の大軍は吐き出した火と煙と硫黄で人類の三分の一を死にいたらしめる。馬の力は口と尾にあると、ここでいきなりわたしたちは知らされる。馬の尾はヘビに似ており、なおかつ頭もあり、その尾や頭で害を加える次第だ［この段落については「ヨハネの黙示録」第九章第十七～十九節参照］。

この奇怪な生物はまさにアポカリプスの心像だ。象徴ではなく、パトモスのヨハネよりははるか昔のある黙示録作者個人の心像だ。馬は力であり、災難を起こす神聖な手段だ。なぜなら人類の三分の一を死にいたらしめ、しかもその後これが天災だとわかるからだ。天災は神の鞭だ。

さて馬の群れは、底なしの淵ないし地下世界の水の、反転した勢力すなわち悪意ある勢力のはずだ。だが実際は違い、底なしの淵ないし地下世界の業火――太陽における地獄さながらの業火――から生まれた硫黄質で明らかに火山に似た生物だ。地獄を想わせる太陽の勢力のごとく、ライオンの頭をしている。

だがいきなり馬の群れはヘビの尾を授けられ、尾に邪悪な力を宿す。ここでわたしたちはこの場にふさわしい代物に戻る――地獄の塩水の底に生息する馬体をしたヘビの怪物だ。地下世界の海洋における勢力で、反転した面をあらわにし、悪意に満ち、水性の致命的な病を広めて人類の三分の一を滅ぼした。ちょうど、第五の喇叭《トランプ》が鳴って現れたイナゴが、火気が強く、苦痛を与えるような、それでも致命的ではない病を何カ月か広めて人類を罰したように。

こうしてみると、どうも二人の黙示録作者が原典に手を入れているようだ。その二人目のほうは全体の趣旨を理解していなかった。炎の色とヒヤシンス色［青紫色］と硫黄の色（赤、紺青、黄）をした胸当てをつけた騎士を乗せ、硫黄のにおいを吐き散らす多数の馬［同第九章第十七節参照］を描いたわけだ。おのれの派手な空想にひたすら従ったり、またことによると、火山による惨事や、鮮やかな赤、青、黄の服をまとった東洋の騎兵隊を見て、影響を受けたりしたのかもしれない。ともあれこれはまったくユダヤ式の描き方だ。

だがそこから、この作者は古い原典に戻り、ヘビの尾をした水生怪物と付き合わねばならなかった。ゆえに自分の描いた馬にヘビの尾をつけ、馬を思い切り走らせたわけだ。硫黄の馬群を描いたこの作者は、どうやら「硫黄燃ゆる火の池」［「ヨハネの黙示録」第十九章第二十節］の描き手でもあるようだ。堕天使や悪人の魂が投げ込まれて永久《とわ》に焼かれる池だ。この痛快な場所こそ、とくに黙示録作者の手で創り上げられたキリスト教の地獄の原型だ。シェオルやゲヘナ［「Ⅱ列王記」第二十三章第十節参照］という古代ユダヤ教の焦熱地獄は、冥界のように生ぬるくいごこち悪い底なしの場で、新らしきエルサレムが天の力で創られると、消え去った。これは古い宇宙の一部で、その宇宙よりも生き延びることはできなかった。不朽の存在ではなかった。

硫黄を持ち込んだ黙示録作者やパトモスのヨハネにとって、この程度では不満足だった。永久《とわ》に燃えうるような、目を見張らせるほどすばらしい硫黄の炎の湖の存在がどうしても必要だった。でなければ敵の魂にいつまでも痛みを与えられないではないか。最後の審判ののち、大地や天空や創造物がことごとく消し去られ、あとには光輝ある天国が広がるのみとなったのちにも、はるか下界では炎の湖が残り、魂を苦しめていた。上空には燦爛《さんらん》たる久遠《くおん》の天国、下界には苛烈な苦痛を与える硫黄の絢爛《けんらん》たる湖。これこそパトモスのヨハネに組する者全員にとっての久遠の幻像だ。おのれの敵が地獄で不幸に見舞われている姿を目の当たりにしない限り、天国にいても幸福たりえないのがこの者たちだった。

この幻像は実のところアポカリプスによって現世にもたらされた。アポカリプス以前には存在しなかった。

アポカリプス以前には、地獄のごとき地下世界の水は海さながらに苦かった。それは地下水の邪悪な一面であるが、甘美な水をたたえた目を見張らせるほどすばらしい湖だと、大地の岩盤のはるか下にひそむあらゆる泉や川の源泉だと、そう考えられていた。

底なしの淵の水は海のごとく塩分が強かった。塩は古代人の想像力に多大の影響を及ぼしていた。〝元素に関わる〟不正の産物だとされていた。二大生命元素にして対立物である火と水とは、いつどうなるかわからぬ危うい〝結婚〟のなかで、あらゆる物質を生み出した。だが一方が他方を凌駕したとき、〝不正〟が誕生した。それゆえ太陽の火が甘美な水にとって苛烈に過ぎるとき、火は水を〝燃やし〟、火に燃やされる水は塩すなわち不正の子を生んだ。この不正の子は水を腐らせ、苦くした。そうして海が生まれた。また海獣レビヤタン(99)も生まれた。

地獄の苦い水こそ魂が溺れる場であり、世の果ての辛辣な生命否定の海だった。

海に対して、プラトン称するところの〝苦く汚れた海〟に対して、激しい怒りが何世代も続いた(100)。だがそんな空気もローマ時代には消え去ったようだ。そこで新たにわれらの黙示録作者が、いっそう恐ろしく、魂をいっそう苦しめる力のある存在として硫黄の燃え立つ湖を新たに取り入れたわけだ。

人類の三分の一がこうした硫黄を吐き散らす騎士どもに殺されている。だが残りの三分の二は、「見ること、聞くこと、歩くことあたわぬ」［「ヨハネの黙示録」第九章第二十節］偶像を依然として崇拝している。

この箇所のアポカリプスはまだユダヤ教色が強く、キリスト教以前の作品であるかのようだ。**小羊**はどこにも見当たらない。

もっとあとになり、この第二の災難は例によって地震を起こして終わる。とはいえ地の揺れはすぐさま新たな動きを引き起こすので、終わりはしばらく先送りされる。

XIV

第六の喇叭《トランプ》が吹かれ、いったん中休みとなる。ちょうど第六の封印が解かれたあと、風の四天使が準備を整え、筋が展開される場が天へ移るまでのあいだ、中休みがあるのと同じだ。しかしながら、今度は様々な邪魔が入る。まず力強い天使が宇宙の主として天から降ってくる［「ヨハネの黙示録」第十章第一節参照］。これは最初の幻像における**人の子**を想わせる。とはいえ、**人の子**も含めてあらゆる救世主関連の中身が、アポカリプスのこの箇所では失われているかに思える。この力強い天使は、火の柱のごとき足の一方を海に置き、他方の足を地に置き、虚空に向けてライオンさながらにほえる。すると創造性に富む七つの雷が創造に向けての喚声を響かせる。わたしたちも知るとおり、この七つの雷は天地の造物主たる全能者の音声面での七つの本性で、新たな宇宙の日のため、創造における新たな局面のために、大がかりな七つの指令を新たに出す。予見者はその七つの新たな言葉を急いで書き留めんとする［同第十章第四節参照］。が、それを禁じられる。新たな有機宇宙《コスモス》を生み出さんとする指令の中身はもらしてはいけないという。わたしたちとしては指令の実現を待つほかない。すると、この偉大な〝天使〟あるいは宇宙の主が手を挙げ、偉大なるギリシアの神々の誓いと同じく、天と地と地下世界の水にかけてこう誓う。古き時は過ぎ、神の奥義は成就目前だ［同第十章第七節］。

ここで予見者は小さな巻物を渡され、食べるよう命じられる。旧世界の破滅と新世界の創造についてのささやかな一般的ないし普遍的伝達だ。七つの封印をした巻物が提示したような、古きアダムの破滅と新しき人の創造に関する場合と比べて、序列の劣る伝達だ。口には甘い――復讐は甘美なり――が、飲み込むと苦いものだ［同第十章第九～十節参照］。

ほかにも邪魔はある。神殿の測定［同第十一章第一節参照］ということで、これはまさにユダヤ流の邪魔だ。旧世界の終焉前になされる〝神に選ばれたる者〟の測定ないし計算であり、選ばれざる者の排除だ。

次いで証人二名という奇妙きわまる邪魔が入る［同第十一章第三節参照］。正統派の評注者たちはこの二名をモーセおよびエリヤと同一視している。山上におけるイエスの変容の場に現れた二名だ。(101)

とはいえ、両者はもっと古い時代の人間でもある。ともに粗布に身を包んだ預言者だ。つまり、悲惨な局面を迎えており、敵意や反転をはらんだ存在だ。地上の主アドナイの御前《みまえ》に立つ燭台二つ、オリーブの樹二本だ［「ヨハネの黙示録」第十一章四節］。天空の水（雨）に対して力を持っている。水を血に変え、ありとあらゆる災いを大地にもたらす力だ。両者がおのれの力の証しを終えると、底なしの淵から一匹のけものが上がってきて双方を殺す。二人の遺体は大都市の街路にさらされる。自分たちを苦しめたやからが死んでくれたので、地上の民草は喜び合う。だが三日半後、神から出た命の息が両死者のなかに入ると、死者は立ち上がる。天からは「ここに昇れ」［同第十一章第十二節］と大きな声がする。死者は雲に乗って天まで昇り、敵どもは恐れおののきながらそのさまを見つめる。

このくだりで、人間の本性に対して多大の力を及ぼす不可思議な双子、すなわち〝小さき者たち〟(102)に関わる太古の神話の層を目の当たりにした感がある。ともあれユダヤ教徒およびキリスト教徒の黙示録作者はこのくだりに目をつぶってしまい、なんらはっきりした意味づけをしていない。

右の二人組は、古代ヨーロッパ諸民族をつないでいたかに見える太古の宗派に属しているが、天国の双子として天空に属していたようだ。それでもギリシア人によって、すでにオデュッセイア［斜体になっていない］のなかで、テュンダレオス(103)の息子カストルとポリデゥケスと同一視された際、至福の国と黄泉の国とに代わる代わる住み、双方の場を目撃していた。そうした存在として、両者は一方で燭台すなわち天界における星であり、他方で地界におけるオリーブの樹であるのかもしれない。

だが神話というのは、古いものであればあるほど、それだけ人間の意識に深く食い込み、かつ上層意識で多様な形態を採るものだ。この二人組の例をはじめ、ある種の象徴は、現代人の意識を一千年前まで、二千年前まで、三千年前まで、四千年前まで、さらにはもっと昔まで遡らせることが可能だということを、わたしたちは忘れるべきでない。暗示の力は実に謎めいている。まるで働かぬこともありうる。周期的に襲いかかって無意識の精神をはるか昔へ連れ戻すこともありうる。または途中まで逆戻りすることもありうる。

英雄のごとき存在、ギリシアの双子にしてテュンダレオスの息子ディオスクロイ(104)について思いをめぐらした場合、わたしたちとしては途中まで逆戻りしたというにすぎない。ギリシアの英雄時代は奇妙なことをした。宇宙概念をことごとく擬人化しながら、なおかつ有機宇宙の驚異を豊富に維持した。ゆえにディオスクロイは古代の双子であり、また同時にそうした存在ではない。

だがギリシア人自身はつねに前英雄時代、オリュンポスの神々や権威者《ポテンシーズ》以前の時代へ戻らんとしていた。オリュンポスの英雄時代は一つの幕間にすぎなかった。オリュンポスの英雄についての幻像は薄っぺらいとつねづね思われているため、古代ギリシア人は幾世紀ものあいだ、宗教意識をさらに深く古く暗い次元へいたらせるべく努めた。その結果、アテナイの謎めいた存在で、双子神、ディオスクロイとも呼ばれるトリトパトレス[105]は、風の主であり、赤子の誕生に付き添う不可思議な存在でもあった。ここでもやはり、わたしたちは古代の次元に戻るわけだ。

紀元前三〜二世紀、サモトラケ島人[106]の秘儀がヘラス[107]に広まった際、前述の双子はカベイロイ[108]になり、やはり人間の精神に対して、暗示というかたちで絶大な影響力を及ぼした。カベイロイは暗黒ないし神秘の双子という古代の観念への揺り戻しの印であり、曇天および大気の運動と多産の傾向、またこの二件のあいだにおける永遠かつ不可思議な均衡に関連していた。黙示録作者はカベイロイを暗い面でのみ捉えている。すなわちカベイロイは天空の水と地上の水との支配者で、水を血に変えうる存在だ、冥界を源とする災難の支配者だと。この双子における天界と地獄の様相は悪意に満ちたものになっている。

だがカベイロイは幾多の事物と関連していた。現在でもその秘儀はイスラム諸国[109]で生きている。カベイロイは隠微にして矮小な二者であり、小人たちであり、〝競合者〟だった。また、雷とつながり、黒く丸い二つの雷石とつながっていた。だから〝雷の子〟と呼ばれ、雨に対する影響力を持っていた。凝乳する力や水を血に変える有害な力も持っていた。雷神として、雲や大気や水を分離にいたらせる者でもあった。カベイロイはつねに変わらず、好かれ悪しかれ競合者や分裂者、隔離者だ。ゆえに均衡の維持者だ。

別な象徴的飛躍によって、カベイロイは古代の門柱神でもあり、ゆえに門の守護者であり、バビロンやエーゲ海沿岸やエトルリアの絵画や彫刻に幾度となく表現されたような、祭壇や樹木や骨壺でもあった。またピューマやヒョウ、グリュプス、[110] 大地と夜間の生物、油断《ジェラス》なき生物になることもままあった。

空間、通路を設けるべく、諸々の事物の間隔を置いているのはカベイロイだ。この意味でカベイロイは雨降らし役だ。天空の門を開けている。ことによると雷石としての作業かもしれない。同じように、カベイロイは性の秘事の支配者でもある。というのも、性とは二つの存在を分け隔てることであり、生誕は両者のあいだを通ってなされることだというのは、早くから認識されていたからだ。性的な意味でカベイロイは水を血に変えうる。男根自体が小人《ホムンクルス》であり、一面では大地の双子そのものであり、水をまく小さき者であり、血に満ちた小さき者だった。一男性自身の自然本性および大地自己の内部における競合者だ、二つの睾丸に象徴された存在だ。両者は二本のオリーブの根であり、オリーブの実や生殖力ある精液というオリーブ油を生み出している。また、地上の主アドナイの御前《みまえ》に立つ蜀台二つでもある。というのも、両者は根源意識の交替可能な二形態、すなわち昼間意識と夜間意識とをわたしたちにもたらすからだ。わたしたちは、あるときには夜の深みにある者となり、またあるときには大きく異なる存在として昼のさなかにある者となる。油断《ジェラス》なき二元性意識の生物は人間であり、双子はその二元性を妬《ジ》み《エ》ま《ラ》じ《ス》りの目で見つめている。生理学に目を移すと、同じ意味で、わたしたちの体内における水の流れと血の流れとを分け隔てる。水と血が体内で混ざり合えば、わたしたちは死んでしまう。二つの流れは競合者たる小さき者によって分かたれている。こうした流れのもとに二元性意識は存している。

さて、この小さき者たち、この競合者は、生命の〝証人〟だ。なぜなら、対立する両者のあいだにこそ、**生命の木**［「創世記」第二章第九節および第三章第二十二節、「ヨハネの黙示録」第二十二章第二節］は大地に張った根から伸びてゆくからだ。双子はつねに大地ないし多産の神の御前《みまえ》で証《あかし》をする。たえず人間に制限を加える。人間に向かい、地上ないし肉体にまつわる活動を進めるなかでこう述べる――そこまではよし、その先には行くことまかりならぬ《ザス・ファー、アンド・ノー・ファーザー》。双子はあらゆる活動、あらゆる〝地上の〟活動に対して、それぞれの限界を設定し、反対の活動によってそれぞれの効果を相殺する。この双子は門の神だが、境界の神でもある。いつまでも互いに相手を油断なく見つめ、境界内に留めようとする。両者は生命を存在可能なものにするが、限界あるものにもする。また睾丸として男根の均衡を保たせる。つまり男根の二証人だ。陶酔や恍惚や放縦や無制限の自由の敵だ。つねに地上の主アドナイに証をする。それゆえ、大地を破壊し人体を破壊する地獄の竜ないし悪魔たるけものが底なしの淵から現れ、〝ソドム〟と〝エジプト〟［「ヨハネの黙示録」第十一章第八節参照］のいわば警官と見なされているこの〝守護神〟二者を殺したとき、放縦の各都市住民は大喜びする。息の根を止められた二者のしかばねは三日半のあいだ葬られぬまま放っておかれる。三日半とは半週すなわち一定期間の半分であり、そのあいだに礼節や自制心が人間のあいだからことごとく消え去った。

「喜び楽しみ、互いに礼物を贈らん」［同第十一章第十節］というくだりは、クレタ島のヘルメス祭やバビロンのサカイア祭のような、異教のサトゥルナリア祭すなわち不条理の饗宴の存在を暗に示している。それが黙示録作者の意図したところであれば、いかに本人が異教の風習について細かく調べているかの証左となる。というのも、古代のサトゥルナリア祭における饗宴は、古びた規則や法則からなる秩序の破壊ないし少なくとも妨害を表現していた。今回の場合、破壊されるのは二証人による〝自然の支配〟だ。人間は自身の自然本性の法則からしばらく逃れる。〝しばらく〟とは三日半で、この長さは聖なる一週間の半分あるいは〝短〟期間だ。それから新しき大地の出現と新しき身体の誕生を布告するかたちで、二証人は再び立ち上がる。それを見て人々は恐れおののいた。天界からの声が二証人に呼びかける。二者は雲に乗って昇ってゆく［同第十一章第十二節］。

「二といえば、二といえば、緑に身を包み、ユリさながらに白い者たちだ――おお！」(11)
ゆえにこの聖なる双子、競合者が殺されるまで、大地や身体は死を遂げることもかなわぬ次第だ。

地震が起こり、第七の天使が喇叭を吹くと、天から大いなる声が聞こえる。「この世の国は我らの主およびキリストの国となれり。彼、世々限りなく王たらん」［同第十一章第十五節］。こうして、神が天界を再び統治することに対する礼拝の儀と感謝の念がよみがえる。天界にある神の殿堂が開き、聖なる者たちのなかの聖なる者が現れ、契約の箱が見える。すると稲妻が走り、様々な声が聞こえ、雷が鳴り、地震が起こり、ひょうが降って、ある時期の終焉と別な時期の開始を告げる［以上「ヨハネの黙示録」第十一章第十六～十九節参照］。第三の災難は終わった。

ここでアポカリプスの第一部すなわち前半が終わる。あとに続くささやかな神話は劇の展開上では孤立しており、他の部分と調和していない。ある黙示録作者が理論体系の一部としてこのくだりを押し込んだのだ。大地と人間の仮死後における救世主の降誕という構成の一部として。それを他の黙示録作者たちが手つかずのまま残した次第だ。

XV

次にどんな内容が続くか。偉大な日の女神から新たな日の神が生まれ、さらには日の女神が巨大な赤い竜に追われるという神話だ［「ヨハネの黙示録」第十二章参照］。このくだりはアポカリプスの中心部として残され、救世主降誕譚として異彩を放っている。まったくキリスト教ふうでなく、ユダヤ教の色合いもほとんど感じられないと、正統派の評注者でさえ認めている。今やわたしたちは異教の岩盤へ大きく近づいた。そうして、ほかの箇所にユダヤ教やユダヤ＝キリスト教の層がどれほど多く積み重なっているか、それをすぐさま目の当たりにする。

だがこの異教色の強い誕生神話は実に短い――他の純神話の箇所すなわち四人の騎士の神

話と同じく。

「また天に大いなる徴《しるし》現れたり。太陽《ひ》を着たる女ありて、足下《そっか》に月あり、頭上に十二の星の冠載せたり。みごもりしこの女、子を産まんとする痛みと苦しみゆえに叫べり。

また天に他の徴《しるし》見えたり。見よ、大いなる赤き竜あり、七つの頭《かしら》と十《とお》の角ありて、頭《かしら》には七つの冠あり。その尾は天に浮かびし星の三分の一を掃き寄せ、地上に落とせり。竜は子を産まんとする女の前に立ち、産むを待ちて子を食い尽くさんと構えたり。

女、男《お》の子を産めり。男《お》の子は鉄の杖もて諸国をことごとく治めん。神の許《もと》へ、その御座《ござ》へ引き上げられたり。女、荒野《あらの》へ逃げたり。そこには千二百六十日のあいだ女が養わるるべく、神によりて備えられしところあり。

さて、天に戦起《いくさ》これり。ミカエルおよびその遣いども竜と戦う。竜およびその遣いども応じしが勝つことあたわず。はや天には、この者どものいるべきところなし。

大いなる竜、魔王《デビル》だの悪魔《サタン》だのと呼ばわれ、全世界をあざむく古きヘビは投げ落とされ、地に叩きつけられたり。遣いどももともに投げ落とされたり」［同第十二章第一～九節］

このくだりはまさにアポカリプスのかなめだ。ギリシアやエジプト、バビロンなど様々な神話の影響を受けた後期の異教神話のように読める。おそらくキリスト降誕のはるか以前に、救世主降誕という自らの幻像を描くべく、最初の黙示録作者が当該箇所を異教の原典に加えたのだろう。とはいえ四騎士および二証人と結びつくと、太陽《ひ》をまとい三日月の上に立つ女神はユダヤ教の幻視界とは調和しがたい。ユダヤ人は異教の神々を嫌っていたが、それ以上に異教の偉大な女神を嫌っており、話題にするのもなるべく避けていた。太陽《ひ》をまとい三日月の上に立つこの驚異の女は、古代ローマ人にとっての偉大な母《マグナ・マーテル》、つまり東方の偉大な女神［豊穣の女神キュベレのこと］を目もあやなまでに想わせる。地中海東岸の歴史上はるかかなた、すなわちまだ母権制が名もなき諸民族の自然秩序だった時代に、偉大な身重の女神の姿がかすかにうかがえる。ならばいかなるいきさつで、この女神がユダヤ教アポカリプスにおける中心人物となるのか。詳しくはわからない。ただわたしたちとしては、魔王というやつは表口から追い出しても裏口から入ってくる、というにいにしえの法《のり》を受け入れるのみだ。右の偉大な女神は聖母マリアの様々な姿を暗に示している。聖書に欠けていた内容を取り入れたのは女神だ。まさに、ゆったりした外衣をまとい、光輝を放っているが、しいたげられている偉大な有機宇宙の母だ。力感と光輝に満ちた体系には女神は欠かせぬ存在だ。女神がいてこそそんな体系は成り立つからだ。女性と無縁な克己の宗教とはそこが異なる。力の宗教には偉大な女王にして偉大な王母が欠かせない。ゆえに控かれた力信仰の書アポカリプスに、女神が君臨するわけだ。

この偉大な母が竜に追われて逃げたのち、アポカリプス全体の雰囲気が変わる。大天使ミカエルがいきなり導き入れられる。偉大な存在の御座の前にひれふす星さながらにきらめく四生物と比べると、大変な飛躍だ。この生き物は今まで智天使《ケルビム》となっている。竜は堕天使や悪魔と見なされており、なおかつ海から現れたけもの——別名ネロ——におのれの力を与えねばならない。

大変化が起きたわけだ。わたしたちはいにしえの有機宇宙的にして四大元素からなる世界を離れて、警察官や郵便局員よろしく、天使の集う後期ユダヤ世界にいたる。ここはどうにもおもしろみを欠く世界だ。ただ緋色の女［「ヨハネの黙示録」第十七章第三～五節参照］の目を引く幻像は別だが、これも異教諸民族からの借り物であり、いうまでもなく太陽《ひ》をまとった驚異の女の裏返しだ。後期の黙示録作者たちは女に対して、太陽《ひ》をまとった姿を見て相応に敬意を表するよりも、ののしったり淫売だのなんだの呼ばわったりすることで心地よさを味わう。

アポカリプスの後半は全体として期待はずれだ。七つの鉢に関する章を読むとそれがわかる。小羊の憤怒に満ちた七つの鉢は七つの封印や七つの喇叭《トランプス》のへたな模倣だ。自分が何をしているのか、黙示録作者はわかっていない。七つの鉢のあとでは、四と三との区分も再生も栄光もない——あるのはただ災難のぶさまな連続のみだ。すでに古代の各預言書やダニエル書に記されていたような預言や呪詛のたぐいが満載されるなか、何もかもが地に落ちる。諸々の幻像は無定形で、誰が見てもわかるような寓意性を帯びている。たとえば主の怒りのブドウ絞り桶を踏むこと［既出。「ヨハネの黙示録」第十四章第十九～二十節参照］などがそうだ。これは剽窃された詩だ、古代の預言者たちからの剽窃だ。その他の内容については、ローマの崩壊はわざとらしく、どうもつまらぬ主題だ。ローマはともあれエルサレムを超える存在だったのだが。

そんななかで、紫色と緋色の衣をまとい、緋色のけものに乗ったバビロンの大淫婦［既出。「ヨハネの黙示録」第十七章第一節参照］がひときわ輝いている。この女は邪悪な意味で偉大な母《マグナ・マーテル》だ、怒れる太陽の色の衣を着て、怒れる宇宙の力そのものの大きな赤い竜にまたがっている。まばゆい姿で座しており、そのバビロンもまばゆい光を放っている。邪悪なバビロンを飾る金色や銀色や黄褐色《シナモン》について、後期の黙示録作者たちが競い合うように述べ立てるさまはどうだろう。金も銀も肉桂《シナモン》も、のどから手が出るほどほしいのだろう。栄華を極めるバビロンがうらやましくて仕方ないのだ、うらやましい、ああほんとに！　作者たちは目を輝かせつつバビロンを破滅にいたらせた。くだんの淫婦は官能の酒を盛った金のさかずきを手にして、堂々と腰を落ち着けている。黙示録作者としては、さかずきの中身でさぞのどをうるおしたかったことだろう。それがかなわなかったので、ならばさかずきをこなごなにしてやろうと決めたのだ。

太陽を想わせる温かな輝きに包まれ、わたしたちに白い肉体を授ける月の上に立つ、そんな有機宇宙《コスモス》の女の姿を視野におさめうる雄大な異教の沈着ぶりは消え去った。十二宮におけ る十二の星の冠をかぶった有機宇宙《コスモス》の偉大なる母は姿を消した。荒野に追い立てられ、荒れ狂う海から現れた竜に水をいやというほど浴びせられた。だが慈愛深き大地が洪水を飲み込み、ワシさながら空を漂うべく翼を与えられた偉大なる女は、荒野でさまよい続けねばならないのだ、一時期《フォー・ア・タイム》、数時期《タイムズ》、半　時《ハーフ・ア・タイム》のあいだ。この半時とは、アポカリプスの他の箇所における三日半なり三年半なりと同様で、一定期間の半分ということだ。

これを最後にこの女の姿は見えなくなる。爾来《じらい》、十二宮の印をつけた冠をかぶった偉大なる有機宇宙の**母**たる女は、荒野に留まったままだ。女が逃げ去って以来、わたしたちが目にするのは処女や淫婦のみだ。この連中は半 女《ハーフウィメン》だ、キリスト教時代の半女どもだ。というのも異教的有機宇宙《コスモス》の偉大な女は古代末期に荒野へ追い立てられ、二度と戻ってこなかったからだ。かのエフェソの、それもパトモスのヨハネにおけるエフェソのディアナ［「使徒言行録」第十九章第二十四～三十五節参照］が、すでに星の冠をかぶった偉大な女の戯画だった。

ともあれ、現存するアポカリプスを生み出したのは、この女の〝神秘〟と秘儀を記した一書だったのかもしれない。だがそうであっても、当該書は何度も書き直され、しまいには女に関するくだりはほんのわずか残すのみとなった。ほかに該当するといえば、〝紅に輝く〟有機宇宙《コスモス》の偉大な女というくだりぐらいだ。いやはや、災難だの苦難だの死だの、アポカリプスにあふれるこんな内容にはうんざりするほかない。結末における新しきエルサレムなる例の宝石屋の楽園のことを考えただけで、心底うんざりする次第だ。こんな狂気じみた反生命の観念たるや！　太陽や月が存在することも耐えがたいというわけなのだろう、こうした福音主義者連中は。だがこれは嫉妬の裏返しだ。

XVI

くだんの女は〝驚異〟の一例だ。他の驚異は竜だ。竜は人間における意識の最古の一象徴だ。竜とヘビの象徴は人間の意識の奥底にひそんでおり、草の擦れ合う音がわずかにするだけで、いかに不屈な〝現代精神〟といえども、本人にはいかんともしがたいほど奥深い恐れを抱いてしまう。

何よりまず、竜はわたしたちの内部生命の変わりやすく速やかで驚くべき運動の象徴だ。わたしたちの内部をヘビさながらに動き回ったり、やはりヘビさながらに力を秘めたまま待ち伏せするようにとぐろを巻いたりしているあの刺激を受けた生命、それが竜だ。有機宇宙《コスモス》についても同じだ。

大古の時代から、人間は自己内部――および外部――にあって自力では制御しきれぬ〝力〟、すなわち潜在力の存在を認識してきた。移り変わりやすく、さざ波のように揺れ動く潜在力だ、休止中で休眠中ながら、いつでも不意に飛び出る準備はできている。自分自身の内部からわたしたちにいきなり飛びかかる怒りだ、情熱に燃える人々内部の激しく恐ろしい力だ。熱い欲求や激しい性的欲求、抑えがたい渇望、いや、たとえば眠りにつきたいといったことも含めて、種類を問わず強い欲求が不意に生まれることもありうる。長子相続権を弟に売ってしまったエサウ［「創世記」二十五章第二十五～三十四節参照］にとって、その原因たる飢えはまさに竜だっただろう。後世のギリシア人は竜を内部の〝神〟と呼んだのではなかろうか。飢えは本人を超越していながら、なおかつ本人の内部にひそむ存在だ。ヘビのごとく敏捷かつ意外にして竜のごとく威圧的な代物だ。内部のどこかから躍り出て本人を抑えつける。

原始人、あるいは古代人と呼んでもよかろうが、この人々はある意味で自身の本性を恐れていた。自身の内部で猛威をふるい、意図せぬ動きをし、つねに〝自分に対していろいろ仕掛けてくる〟からだ。原始人ないし古代人は、自身内部における〝予期せぬ〟潜在力の、半ば神聖かつ半ば悪魔的な本性を早くから認識していた。サムソンが素手でライオンを裂いた［「士師記」第十四章第六節参照］ように、またはダビデがゴリアテを小石で撃ち殺した［1「サムエル記」第十七章第五十節参照］ように、ときに潜在力は栄光のごとく本人に注がれた。ホメロス以前のギリシア人なら、こうした行為の超人的性質や、人間内部にいる行為の実行者を認識して、当該行為を〝神と〟呼んだだろう。この〝行為の実行者〟、すなわち人間の全身全霊に沸き起こりうるような、流れるように動き、すばやく動き、屈することなく物事を見通しうる潜在力、これが竜だ。超人的な潜在力を備えた雄々しく神聖な竜だ、または内的破壊力を備えた大いなる悪魔的な竜だ。この存在こそ、わたしたちのなかで姿を現し、わたしたちを突き動かし、働かせ、何かを生み出すべくしむける。わたしたちに対して、立ち上がって生きざるをえぬようしむける。現代の哲学者たちはこの力をリビドー[112]や生命の躍動《エラン・ヴィタル》[113]と呼んでいるが、こんな用語は薄っぺらで、竜という観念の奔放な含意などとても表せない。

人間は竜を〝崇拝〟した。悪意ある竜に打ち勝ち、竜の力を自身の四肢と胸に自身の武器として持ちえた太古の時代、英雄はまさに英雄だった。モーセが荒野にて青銅のヘビを掲げたおこない［「民数記」第二十一章第九節参照］は、何世紀にもわたってユダヤ人の想像力を独占してきたが、あのときモーセは悪しき竜すなわちヘビの毒牙を善き竜の潜在力に変えていた。いいかえれば、人間はヘビを自身の味方にも敵にもしうるわけだ。ヘビが味方であるとき、人間は神聖な存在に近い。ヘビが敵であるとき、人間は内部からかまれ、毒され、打ち負かされる。太古における大問題は、敵意あるヘビに打ち勝つこと、肉体内部に流れる金色の生命つまり金色に輝くヘビを自己内部に解き放つこと、男のうちまたは女のうちにある壮麗かつ神聖な眠れる竜を起こすことだった。

今日、自分が幾多の小さなヘビにたえずかまれて毒されているのに、偉大にして神聖な竜は眠ったようになったまま動いてくれないという事実に、人間は苦しめられている。現代人たるわたしたちは死んだように眠りこけるヘビを起こしえない。ヘビは生命の下層において目覚めている――たとえばリンドバーグ[114]のような飛行士において、あるいはジャック・デンプシー[115]のようなボクサーにおいては、束の間ながら。この者たちを短期間にせよ一定水準の英雄的存在にまで高めているのは金色の小さなヘビだ。だが生命の上層では、偉大なヘビなど跡形もない。

とはいえ、ふつう出現する場合の竜の幻像は、個人的ではなく有機宇宙的なものだ。竜がのたくりまわる場は無数の星のきらめく広大な有機宇宙《コスモス》だ。悪意に満ちた存在としての竜は、わたしたちの目には赤く見える。しかし、周囲は漆黒の闇で、夜空に星のみが光るなか、竜が緑色にきらめきながら動きだすとき、夜を驚異の世界に変えるのは当の竜だということは忘れてなるまい。すべるように動き回りながら、惑星群の免疫性すなわち貴重な抵抗力を護り、恒星群には光彩と新たな抵抗力を与え、月にはなおいっそう穏やかな美を与える竜の、幾重にもとぐろを巻いたありさまこそ、壮麗な天空を平穏なものにしている。おのれのなかで竜がとぐろを巻く姿に太陽は歓喜し、光輝を放ちながら舞い踊る。なぜなら善き面を表した竜は偉大なる士気の鼓舞者、全宇宙《ユニバース》の偉大なる改良者だ。

かくて竜はいまだ支那に固着している。支那の世界でわたしたちにはなじみ深い尾長の緑竜は、生命をもたらし、生命を与え、生命を創り、士気を高める善玉の竜だ。官吏がまとう衣の胸で、とぐろを巻いている。恐ろしげな目つきをし、衣の胸の中心を囲むようにとぐろを巻き、尾でその胸を激しく叩いている。だが実のところ、とぐろを巻く緑竜に取り巻かれた当人たる官吏は、誇り高く力強く堂々たる存在だ、竜の主《あるじ》だ――ところでヒンズー教徒によれば人間の脊柱《せきちゅう》［精力、生命力の象徴］の基底でじっと動かぬままとぐろを巻き、ときには脊髄に沿って激しく尾を叩きながら動きだすという竜も、同じこの竜だ。ヨーガ行者のおこないは、この竜の動きを抑えんとしているにすぎない。竜崇拝の風潮はいまだ世界中で目につき、根強い。とくに東洋ではそうだ。

だが残念ながら、これ以上ないほど明るく輝く星空に現れる大いなる緑竜も、今日では長い冬眠に入っており、尾を固く丸めて声を発しない。赤竜がときおり鎌首をもたげるのみで、あとは無数の小さな毒ヘビばかりだ。毒ヘビの群れは、かつて公然と不満を口にしたイスラエルの民にかみついた［「民数記」第二十一章第四～六節参照］ように、わたしたちにもかみつく。青銅のヘビを民から遠ざけたモーセのごとき存在の出現が切に待たれる。後年、イエスが人間の贖罪のために〝高く掲げられた〟ように、ヘビは〝高く掲げられた〟次第だ［「ヨハネによる福音書」第三章第十四節「モーセ野に蛇を挙げしごとく、人の子も挙げらるべし」参照］。

赤い竜は悪霊《カコダイモン》、すなわち邪悪な、または悪意ある竜だ。太古の伝承では、赤は人間の光輝の色だが、宇宙の生物ないし神々においては邪悪の色だった。赤いライオンは邪悪ないし破壊を意図した太陽だ。赤い竜は敵対的ないし破壊的なおこないをする宇宙の偉大な〝潜在力〟だ。

ついに善霊《アガトダイモン》は悪霊《カコダイモン》となる。緑の竜は時の流れとともに赤い竜となる。かつてわたしたちの喜びであり救いだったものは、時の流れとともに、一定時期の終わりには、わたしたちの悩みの種や苦しみの元となる。創造の神だったウラノスやクロノスは、一定時期の終わりには、破壊者や襲撃者となる。一時期の始まりにおける神は同時期の終わりには悪の原理となる。なぜなら時はいまだ円を描くように動いているからだ。この円環の始まりに善き潜在力だった緑の竜は、円環の終わりを迎えるころには、次第に悪しき潜在力すなわち赤い竜になっていった。キリスト教時代の始まりにおける善き潜在力は、今や同時代の終わりにおける悪しき潜在力だ。

以上は大古における英知のほんの一例であるが、いつの時代にもあてはまろう。時は今でも直線に沿ってではなく円環をなして動いている。わたしたちはキリスト教時代の円環の終わりにある。円環の始まりにおける善き竜ロゴスは、今日では悪しき竜になっている。この竜はおのれの潜在力を新しき存在にはなんら与えず、古くて命つきた存在に与えるのみだろう。今一度こんな赤い竜は英雄たちの手で成敗されねばならない。天使どもにはなんの期待もできないから。

古代の神話によると、女は竜の力になすすべなく屈し、男に救い出されるまで逃れるすべもないという。新しき竜は緑色ないし金色だ、ムハンマドが再び採用した古代における生きした緑の意味を持つ緑色だ、生命を吹き込む新しき光の精髄たるあの緑の曙光《しょこう》を放つ緑色だ。**造物主**の存在そのものの輝きを表す澄んだ緑のきらめきのなか、万物の夜明けが訪れた。全能者の顔をさえぎる虹の女神イリスを翠玉さながらの緑色に染める際、パトモスのヨハネはこうしたことに思いいたっている。宝石のごとく美しい緑のきらめきこそ、身をよじらせくねらせしながら宇宙へ出てくる竜にほかならない。これは有機宇宙《コスモディナモス》の発動者の力だ、虚空を占めるようにとぐろを巻き、人間の脊椎に沿ってとぐろを巻いている力だ、パロの眉間を飾る蛇形記章《ウラエウス》よろしく人間の眉間から身を乗り出している。人間にからみつく金色の竜の存在あれば、人間は華々しき者、王、英雄、竜の輝きを放つ勇者たりうる。

こうして**ロゴス**が、人間に新たなたぐいの輝きを与えんとて、我らの時代の始めにやってきた。しかるに今日、同じ**ロゴス**が悪しきヘビとなっている。これでは現代人全員がラオコーン(116)と同じ目に遭おう。春の大いなる緑の息吹のごとき**ロゴス**が、今や無数の小さな毒ヘビの灰色に鈍く光る牙になっている。わたしたちは**ロゴス**を征服せねばならない。すると緑に輝く新たな竜が星群のあいだから垂れてきて、わたしたちを活気づけ、大いなる存在に変えてくれる。

ところで、古き**ロゴス**のとぐろに巻かれ、この世で最も苦しめられているのは女だ。これはいつの世でもそうだ。かつては神感の息吹だったものが、しまいには凝固された邪悪な形状となり、ミイラの衣よろしくわたしたちに取り巻いている。そのとき女は男よりもきつく取り巻かれる。今日、女性性の大部分は**ロゴス**のとぐろに身動きとれぬほど強く包まれている。女は肉体を持たず、抽象化され、見るに耐えぬ自立心に突き動かされている。不可解な〝霊的〟生物が今日の女だ、古き**ロゴス**という悪霊に駆り立てられ、一瞬たりとも追及の手から逃れて自分本来の姿を取り戻すことを許されない。女よ〝意義ある〟存在たれ、おのが人生を〝価値あるもの〟にせねばならぬと、悪しき**ロゴス**は言う。そこで女はたゆまず動き回り、価値あることをなさんとし、邪悪なる形態をなす現代文明を上へ上へと積み重ね、そこから逃れて新たな緑の竜の輝かしくしなやかなとぐろに巻かれようとは決してしない。現代人の生活形態はことごとく邪悪だ。しかし、悪魔さながらでないなら天使さながらといえそうな執念を発揮して、女は人生における最も良きものを求め続ける。とはいえそれは現代人の邪悪な生活形態における最もましなものというだけの話だ、邪悪な生活形態における最もましなものとは最も悪しきものであることなど、女には理解しえない。

こうして、現代の恥辱と苦痛にまみれた灰色の小さきヘビの群れに哀しいほどさいなまれ、〝最高〟というの名の、いやはや実のところ悪しきなかでは最もましにすぎぬものを勝ち取らんと、女はもがき続けている。今日、女はみな多分に婦人警官の傾向を宿している。アンドロメダ[117]は裸のまま岩壁につながれ、古いかたちの竜ににらまれている。しかしながら、哀れ現代のアンドロメダよ、この者たちは程度の差こそあれ婦人警官の制服を身につけ、何やら旗らしき代物と棍棒らしき代物――いや、バトンというのか――を隠し持って、街路を巡回せざるをえぬありさまだ。誰がこんな状態から女たちを救ってくれるのか。好きなだけ薄っぺらな感じに着飾らせてやればよい、または白く汚れなき乙女ふうにでも。だがそんな服装の下に見えるのは、自分のやれることを全力でやろうとする現代の婦人警官のごわごわした服のひだのみだ。

神よ、ともあれアンドロメダは生まれたままの姿をしていた。美しい裸体だった。ペルセウス(118)はアンドロメダのために戦わんとした。だが現代の婦人警官は生まれたままの姿をしていない、制服を着ているではないか。婦人警官の制服などのために、古いかたちの竜すなわち毒にまみれた古い**ロゴス**と戦わんとする者がいようか。

女よ、汝は幾多の辛酸をなめてきた。だが警察官になるよう古い竜に運命づけられたことはかつて一度もなかった。

夜明け前の日、新しき日にある美しき緑の竜よ、来てくれ、手を差し伸べてくれ、悪臭を放つ古い**ロゴス**の恐るべき縛めからわたしたちを解き放ってくれ。黙って来てくれ、何も言わずに。手を差し伸べてくれ、春のそよ風に吹かれるがごとく柔らかで汚れなき手でわたしたちを抱きつつ、女たちからあの身の毛もよだつ婦人警官なる外皮をはぎとり、生命の萌芽をむきだしにしてやれ！

アポカリプス時代には、古い竜は赤かった。今日では灰色だ。かつて竜が赤かったのは、権力や王権、富、虚飾、欲望の古いありかた、古いかたちを代表していたからだ。ネロ時代になるころには、虚飾や扇情的な欲望にまつわるこの古いかたちは邪悪きわまるもの、すなわち不快な竜と化していた。不快なる赤い竜は**ロゴス**という白い竜に屈した——ヨーロッパは緑の竜なる存在をまるで知らない。わたしたちの時代は白色の栄光とともに始まった。白い竜が現れたわけだ。この時代は衛生的な白色に対する同類の崇拝の念とともに終わるが、白い竜は今や白い巨大な虫に変わっている。濁って汚い虫だ。現代の色は白濁している。つまり灰色だ。

だが現代人の**ロゴス**の色が、まばゆい白色――聖徒たちの白衣にパトモスのヨハネが強調しているとおりだ――で始まり、汚れた無色に終わるように、古代の赤い竜は目を奪うばかりの赤で始まった。古代の竜のなかでも最古の竜は驚くほどの赤だった。燃えるような金色で血を想わせる赤だ。竜は目もくらむほどの朱色に近い赤、明るい赤、輝ける赤だった。この鮮やかな金色まがいの赤は、はるかかなたの昔、歴史の黎明に初めて現れた竜の初めての色だった。今から最も遠い昔に現れた人類が空を見上げたとき、緑とまばゆい白ではなく金色と赤が見えたのだ。金色と赤を背景にして、はるか遠い昔の人間の顔に映った竜の姿は、燃えんばかりの明るい朱色を示していた。そうだ、それゆえいにしえの英雄や勇敢なる王の顔は陽光に射し貫かれたケシさながらに赤かった。それは栄光の色だった。荒々しいほど輝いた血の色、生命そのものの色だった。からだを駆け巡る鮮やかな血さながらの赤であり、至高の神秘だった。ゆっくり滲み出る暗紫血の色であり、王族の神秘だった。

東地中海文明より実に一千年遅れて成立した古代ローマの諸王、この者たちは神聖な王族の一員たることを示すべく自らの顔を朱色に染めた。北米先住民も同じことをしている。自ら〝薬品〟と称すこの朱色の染料を用いなければ、赤い民たりえぬというわけだ。だがこの先住民は文化でも宗教でもほぼ新石器時代に属している。ああ、ニューメキシコのプエブロ族に流れた暗く振り返れる時よ、当時の人は顔を緑に輝かせて世に現れたではないか！

まさに神々だ！　みな神々に見えるではないか！　赤い竜だ、美しい赤の竜だ。

だがこの竜も老いた。生活形態は柔軟性をなくした。生活形態が偉大な赤い竜、すなわち最も偉大な竜の生活形態だったニューメキシコのプエブロ族でさえ、今や生活形態はまったく悪質化し、人々は赤から逃れるべく青を、トルコ石の青を切に求めている。青緑色と銀色こそ求められている。金色は赤い竜の色だからだ。はるか昔においては、金色こそ竜の要素であり、その柔らかに輝く身体《からだ》であり、竜の栄光として尊ばれていた。エーゲ海沿岸やエトルリアの墓地に眠る戦士たちと同じく、人々は栄光を求めて柔らかな金色を身につけた。赤い竜がカコダイモンとなり、人間が緑の竜や銀の腕章を強く望むようになったとき、黄金は栄光を失い、金銭となった。黄金を金銭に変えるものは何かと、アメリカ人が世に問いかけている。ここにあるではないか。大いなる金色の竜の死、緑および銀の竜の登場――いかにペルシア人やバビロニア人が青緑色を愛していたことか、カルデア人が瑠璃色を愛していたことか。この人々はかくも早々と赤い竜から背を向けていたのだ。カルデア王ネブカドネザルの竜は青であり、誇らしげに歩き回る青のうろこに覆われた一角獣だ。かなり高い発達段階にある代物だ。アポカリプスの竜はそれよりずっと古いけものだ。とはいえ、とにかくカコダイモンだ。

いずれにしろ王族の色は赤だった。朱と紫だ、青紫色ではなく深紅色だ、まこと生き生きした血の色で、王や皇帝のために維持されていた。こうした色がまさに悪しき竜の色と化した。黙示録作者は自らバビロンと呼ぶ大淫婦にこの色の衣をまとわせている。生命そのものの色は醜悪の色となるわけだ。

そうして今日、**ロゴス**の汚れた白い竜が幅を利かせるこの鋼鉄の時代に、社会主義者たちは生命の色のなかで最も古い色を選んだ。全世界は朱色の気配を感じて恐れおののく。今日における大多数の人々にとって、赤は破滅の色だ。子どもたちの言葉を借りれば、〝赤になったらヤバイ〟だ。こうして円環は一巡する。黄金時代[119]と白銀時代[120]の赤色にして金色の竜、青銅時代[121]の緑色の竜、黒鉄時代[122]の白色の竜、鋼鉄時代の灰色の竜。そうして今や始めの鮮やかな赤い竜へと時代は戻った。

だが英雄時代は例外なく本能として赤い竜または金色の竜へと向かう。逆に非英雄時代は本能としてその竜から背を向ける。たとえばアポカリプスでは、赤と紫が呪うべき存在《アナテマ》になっている。

アポカリプスの大きな赤い竜には七つの頭があり、いずれにも冠が載っている［「ヨハネの黙示録」第十二章第三節］。つまり竜が王ないし至高存在としての力を持つことはおのずから明らかだ。また七つの頭によって、竜には七つの生命、すなわち人間の本性または宇宙に対する潜在力と同じ数だけ生命があることが示されている。七つの頭はすべて打ち砕かれねばならない。いいかえれば、人間は新たに七つ一続きの征服をなしとげねばならないのだ、今度は竜を相手にして。戦いは続く。

宇宙的存在たる竜は、天界から大地へ突き落とされる前に、宇宙の三分の一を破滅にいたらせる。星群の三分の一を尾で掃き寄せ、大地へ投げつけるわけだ。ここで女が〝鉄の杖もて諸々の国人を治めん〟［「ヨハネの黙示録」第十二章第五節］子を産む。いやはや、もしこれが救世主すなわちイエスの統治を預言したものなら、これ以上の真理があろうか。なぜなら今日の人間はみな鉄の杖で治められているからだ。産み落とされた子は神の御座へ引き上げられる。が、むしろわたしたちとしては、竜にさらわれたらよいとさえ思いたくなる。女は荒野へ逃げ込んだ。偉大なる宇宙の母には、もはや人間の宇宙に居場所はないということだ。死ぬこともできぬため、母は荒野に身を隠すほかない――そうして、うんざりするような三年半という謎の時間のあいだ身を隠している。この時間はどうやら今でも続いているようだ。

アポカリプスの第二部がこれから始まる。キリスト教会や様々な地上の王国の崩壊に関するダニエル書流の預言の退屈な展開を、わたしたちは目の当たりにする。首都ローマやローマ帝国の預言どおりの崩壊に対して、わたしたちは興味など持てるわけもない。

XVII

ともあれ後半部に進む前に、黙示録全体で際立っている象徴、なかんずく数に関する象徴に目を向けてみよう。構造全体が例外なく四および三すなわち七という数にもとづいているため、こうした数が古代精神にとってどんな意味を持っているのか、探ってみなければなるまい。

三は聖なる数だった。今でも同じだ。三位一体の数にして神の本性を示す数だからだ。古代の信仰内容について最も意義深い示唆を与えてくれるのは、科学者というべきか太古の哲学者たちかもしれない。初期の科学者は残存する宗教をめぐる象徴観念を扱い、それを真の〝観念〟に変えた。周知のとおり、古代人は数を具体的に捉えていた――たとえば点の集まりや小石の並びといったかたちで。三という数は小石三つを表していた。三はピュタゴラス学派から、単純な算術にもとづいて完全な数と見なされていた。割り切って、双方のあいだに溝を作ることができぬ数だからだ。この点は三つの小石で考えればすぐわかる。三の完全無欠性を崩すのは不可能だ。両端にある小石を動かしたとして、真ん中の石が残っており、翼にはさまれた鳥のからだと同じく、両端の石のあいだでうまく均衡を保っている。また紀元前三世紀になってさえ、三は存在の完璧ないし神聖な条件だと思われていた。

また周知のとおり紀元前五世紀には、アナクシマンドロスが無限実在アペイロンなる観念を生み出した。原初時代の万物創造に際して、二つの〝要素〟すなわち熱と冷、乾と湿、火と闇という大いなる〝一対〟を自らの両側に備えている観念だ。この三つが万物の始まりだった。生ける宇宙を三つに区分するという太古の思想の背後には右の観念がひそんでおり、その後に神という観念が分離された。

余談ながら、太古の世界はきわめて宗教色が強く、なおかつ神とは無縁だったことに留意しよう。肉体的な一体感を保って空を飛び回る鳥の群れさながら、緊密な肉体的同調関係を失わずに人間が暮らしていたころ、個人という存在はほとんど分離できぬほど古代部族における緊密性が高く、部族は宇宙といわば互いに胸を接し合うようにぴたりとつながり、宇宙全体が生き生きしていて人間の肉体と密接に通じて合っており、両者のあいだに神なる観念が入り込む余地はなかった。そんな個々人がばらばらになっていると感じ始め、自意識を抱かざるを得ぬようになり、やがて相互に隔絶された存在となったとき、あるいは神話の観点からすれば生命の木ではなく知恵の木の実を食い、自身の隔絶や分離を自覚したとき、神なる観念が生まれ、人間と宇宙とのあいだに分け入ったのだ。人間における最古の思想は純粋に宗教的なもので、神や神々なる観念はまったくない。人間が分離意識や孤立感に陥ったとき、初めて神や神々が現れている。大古の哲学者たち、すなわち万物の根源は無限実在だと唱え、聖なる二要素の存在を挙げたアナクシマンドロスや、万物の根源は空気だと唱えたアナクシメネス(123)は、神など存在しない赤裸の有機宇宙《コスモス》なる壮大な観念に回帰している。両者は紀元前六世紀の神々についても知り尽くしているが、さほど興味を示していない。同時に、一般的な意味で宗教色を帯びているのみだった最初期のピュタゴラス学派でさえ、根源的な二形態すなわち**火**と**夜**あるいは**火**と**闇**——闇は一種の高密度の空気ないし蒸気だとされていた

――という図式を描いていた点で、根底的な意味で宗教性が強かった。こうした対観念はつまるところ有限と無限《ジ・アンリミテッド》であり、無限である夜は火においておのれの有限性を目の当たりにする。この根源的な二形態は、鋭く対立し合うなか、ほかならぬ対立関係それ自体によって互いの同一性を示している。ヘラクレイトス［Ⅶにて既出］によれば、万物は火の変成であり、太陽は日ごとに新しいという。「夜明けと夕暮れの限定者は大熊座で、大熊座に対して輝けるゼウスの境界がある」。輝けるゼウスはここでは輝ける青空とされる。ゆえにゼウスの境界は**地平線**であり、どうやらヘラクレイトスとしては、大熊座の反対側の下方、ずっと下方の対蹠地《アンチポディーズ》はつねに夜のとばりに包まれており、**昼**が**夜**の死を生きるように**夜**は**昼**の死を生きていると言いたいようだ。

以上が紀元前五および四世紀における偉人たちの精神のありさまだ。奇妙にして魅力あるさまではないか。象徴を重んずる古代精神がなまなましく表されている。宗教は早くも道学色を強めたり法悦にひたったりしている。オルペウス教徒とともに、〝生命誕生の循環を逃れる〟退屈な思想が人間から生命を奪い始めていた。だが初期の科学は純粋で最古の宗教の源泉だ。イオニア[124]において、人間の精神は最古の宗教的な宇宙観念に戻っており、そこから科学的宇宙について思いめぐらし始めている。最古の哲学者たちが嫌っていたのは、法悦ぶりや逃避ぶり、純個人的性質の目立つ新種の宗教だった。これでは有機宇宙《コスモス》が失われてしまうと。

そこで人類初の哲学者たちは、古代人特有の神聖な三部構成の有機宇宙《コスモス》に注目した。この観念は神による創造すなわち天と地と水への分割という点で創世記と似ている。最初に創造されたこの三要素は創造する神の存在を前提としている。一方、カルデア人における三部分からなる生ける天界の場合は、天界自体が神聖なる存在であるとき成立するのであり、単に神が宿る場というだけのことではない。広大な天界が自発的に存続し、人間と互いに胸を接し合うようにぴたりとつながっており、人間が神や神々の存在を必要としなかったころ、カルデア人は宗教色の強い法悦にひたりつつ天空を見上げていた。それから妙なひらめきを得て、天界を三分割した。こうしてカルデア人は星なるものの存在を把握したわけだ。以後、星が同じように把握されたためしは今にいたるまでないが。

のちになり、神なり造物主なり天空の支配者なりが発明ないし発見されると、天界は四分割された。それから長らく続いた例の四分割だ。続いて、神や宇宙形成者《デミウルゴス》の発明にともない、古代人における星の知識や真の崇拝の念は次第に衰退してゆき、バビロニア人の場合は魔術と占星術に変容したため、体系全体が〝梃入れ《ワークト》〟された。だがなおかつカルデア人の宇宙観は存続しており、イオニア学派が再びこの思想に着目したというわけだ。

四分割が続いていた時代でも、天界には太陽と月と明けの明星という三大支配者がいた。ただし聖書ではこれが太陽と月と星群になっている。

複数の神が存在すると言われ始めた時代から明けの明星はつねに単一の神だった。ところがおよそ紀元前六世紀に、瀕死の状態から蘇生する神々に対する信仰が古代世界に広がりだしたころ、昼と夜とのあいだに訪れるたそがれどきに君臨するがゆえに、明けの明星は新たな神の象徴となった。また同じ理由で、昼夜双方の主として、夜の満ち潮に片足をかけ、昼の世界にもう片足をかけ、つまり海と岸とにそれぞれ足をかけて立ち、光輝を放っているとされている。周知のとおり夜は蒸気ないし潮の一形態だった。

XVIII

三は神聖なる事物の数であり、四は創造の数だ。世界は四すなわち正方形で、四分割され、大いなる四生物すなわち全能者の御座を取り囲む翼のある四生物に支配されている。この四生物は昼夜を問わず広大な空間全域を満たしている。翼は空間の震えそのもので、空間は創造者を雷鳴のごとく称えることでたえず揺れている。というのも四生物は造物主を称える**創造物**だからだ。**創造物**はおのが造物主を永久《とわ》に称えるものだ。（厳密なところ）翼の前にも後ろにも目がついている［「ヨハネの黙示録」第四章第六節参照］とは、目が永久《とわ》に変わったり動いたり脈打ったりする震える天界の星群だ、ということにほかならない。エゼキエル書では、本文は乱れており、削られもしているが、回転する天界の車輪のあいだには巨大な四生物がいる［「エゼキエル書」第一章第十五〜二十一節参照】──紀元前七、六、五世紀に主流だった観念──うえ、翼の先端で**御座**という究極の天界の丸天井を支えているさまを、わたしたちは目の当たりにする。

元来こうした**創造物**は神そのものよりも古い存在だろう。すこぶる壮大な一観念であり、東方における翼を具えた巨大**創造物**の場合も、大半の背後には右の**創造物**の影がちらつく。この**創造物**は生ける宇宙の最終期に属している。生ける宇宙とは、創造されたわけではなく、それ自体できわめて神聖にして原初的なるがゆえ、神のいない存在だ。あらゆる創造神話の遠い背後には、**有機宇宙**《コスモス》がつねに必ずそこにあるという壮大な観念がひそんでいた。つねに必ずそこにあったし、これからもずっとそうなので、始まりなるものは起こりえない。またこれを生み出す神なるものもありえなかった。なぜなら自らが神にして天帝であり、万物の起源だったからだ。

生ける宇宙を人間はまず三分割した。次いで、いつのことかは不明だが、ある大変革の時期に四分割した。この四分割された部分は完全体、完全という観念を求めた。それで造物主、創造者が生まれた。ゆえに原初的四大生物は従属者となり、中心に位置する至高の単独存在のまわりを取り囲むわけだ。その翼は全空間を覆う。それでものちになると、四生物は精彩に富む巨大な元素から獣、**創造物**、智天使《ケルビム》へ存在を変えられた――堕落の過程――すえ、人間、ライオン、雄牛、ワシという元素的ないし宇宙的な四種の本性を与えられる。エゼキエル書では、こうした**創造物**の各々が一体化され、四つの顔が各々の方を向いている［「エゼキエル書」第十章

第十四節参照]。だがアポカリプスでは、各々のけものに独自の顔がついている。有機宇宙観念が衰えてゆくにつれ、四**創造物**の宇宙的四本性が、まずは大いなる智天使《ケルビム》に、次いで義人化された大天使ミカエルやガブリエルなどに当てはめられるわけだが、結局は四人の福音書記者マタイ、マルコ、ルカ、ヨハネに当てはめられるにいたる。〝福音書の性質を表す四者〟だ。以上が偉大な古代観念における堕落ないし擬人化の過程だ。

有機宇宙《コスモス》が四分割され、四部分すなわち四つの動態的〝本性〟へと変化するのに並んで、他の分割すなわち四元素への分割がなされる。当初は三種の元素のみが存在していると思われていたようだ。三元素とは天、地、海ないし水だ。元来、天は光ないし火だった。空気はのちに認識されるようになった。だが火と地と水の三元素によって宇宙は完成されている。空気は蒸気の一形態とされていた。闇も同じだ。

宇宙の元素の数に関して、太古の科学者（哲学者）たちは一つあるいはせいぜい二つだと認識したかったようだ。万物は水だとアナクシメネスは言った［万物は水だと言ったのはタレス］。万物は土と水だとクセノパネス［?前五六〇〜四七八］は言った。水は蒸気を発し、そのなかに火花が隠れていた。蒸気は雲として高く吹き上がる。どんどん高く吹き上がって、水ではなく火花のまわりに凝結した。この物質はこうして星を生み、次いで太陽を生んだ。太陽は水分の多い大地から立ち上る蒸気をもとに集めた火花でできた巨大な〝雲〟だった。このようにして科学は始まった。神話よりはるかに奇想天外だが、推論の方法を様々に取り入れている。

次いでヘラクレイトスが自説をひっさげて現れた。万物は火だ。あるいは万物は火の変成だ。またヘラクレイトスは闘争を重視している。闘争によって事物は分裂し、統一体の要素として不可欠となり、存在することも可能となるという。闘争は創造の原理というわけだ。そうして火が元素となるという。

これ以降、四元素はほぼ欠かせぬ存在になった。紀元前五世紀のエンペドクレス［Ⅶにて既出］から、火、地、気《エアー》、水の四元素は人間の想像世界に、生命あるないし有機宇宙的な四元素として、根源的元素として定着した。エンペドクレスはこの四つを全存在における四つの宇宙的根源として四根と呼んだ。さらに四根は愛と憎という二原理の支配を受けているという――〝火と水と土と限りないほど高い気。またこの四者とは別に、四者に対して等しい重みを持つ激しい闘い、そのただなかには、四方八方に等しく行き届いている愛〟。またエンペドクレスは〝光り輝くゼウス、生をもたらすヘラ［ゼウスの妻］、アイドネウス［冥府の王ハデスの別名］、ネスティス［水の女神］〟の四者を四元と呼んでいる。ゆえにこの四者は神々でもあったことが知れる。時代を超えた四天王だ。考えてみれば、この四者は現在も未来も人間の経験の四元素だろう。科学は火について様々に論じてきたが、火そのものは変わらない。燃焼工程は火そのものではない。一個の思考形態だ。H_2Oは水ではない。水に関する実験から生まれた一個の思考形態だ。思考形態は思考形態であって、わたしたちの生命を創造するわけではない。人間の生命はいまだ火と水と土と気という元素から創られる。この四元素によって人間は動き、生き、存在する［「使徒言行録」第十七章第二十八節参照］。

四元素からわたしたちは人間自身の四本性を把握する。血液と胆汁、リンパ液、粘液に関する観念および各体液の特性にもとづく本性だ。人間はいまだ血液によって思考する生物だ。〝それぞれ反対方向に流れてゆく血の海に位置する心臓。主としてここにいわゆる思想は存する。心臓を巡る血液が人間の思想だからだ〟［エンペドクレス『断片』一〇五］――このとおりかもしれない。基本的思想は例外なく心臓を巡る血液内部で発生し、脳へは単に移送されるだけなのかもしれない。さらには、金、銀、銅、鉄という四金属にもとづく四時代が存在する。すでに紀元前六世紀には黒鉄時代は始まっており、人間は早くもこの時代を嘆いている。知恵の木の実を食う以前にあった黄金時代は遠い昔に過ぎ去っている。

こうしてみると、大古の科学者は例の象徴主義者たちにすこぶる似かよっている。ゆえにアポカリプスにおいて、古代の原初的なというべきか神聖なる有機宇宙《コスモス》に言い及ぶ際の聖ヨハネは、あれこれの事物の三分の一なる表現を用いていることに気がつかれたい。たとえば古代の神聖なる有機宇宙《コスモス》に属する竜は、尾で星群の三分の一を地上に落としている。神聖なる喇叭《トランプス》は世界の三分の一を破壊している。底なしの淵から現れた騎士たちは、神聖なる悪霊として、人間の三分の一を殺害する。だが破壊が神聖ならざる力によってなされるとき、犠牲となるのはたいてい地上の四分の一だ［「ヨハネの黙示録」第六章第八節参照］――いずれにしろ、アポカリプスには破壊行為の描写が多すぎる。もはや笑って見過ごせぬほどだ。

XIX

四と三は足すと聖数七となる。これは神のいる宇宙だ。ピュタゴラス学派は七を〝正しい時を表す数〟と呼んだ。人間と宇宙はともに創られた本性を四つと聖なる本性を三つ具えている。人間は地上的な本性を四つを具え、魂と心と永久《とわ》なるわたくしとを具えている。天地万物《ユニバース》は四方と四元素を具え、天界と冥界と全体という聖なる三方を具え、**愛**と**闘争**と全体性という聖なる三運動をおこなっている。最古の宇宙には天界も冥界もなかった。ともあれ最古の人間においては、聖なる数字七という意識はないかもしれない。

しかしながら、当初から七はつねに半ば聖なる数だ。というのも古代の七衛星の数だからで、七衛星とは太陽と月をはじめ、木星と金星、水星、火星、土星という大いなる五つの〝さすらう〟星を指す。さすらう衛星群はつねに人間にとって大きな謎だった。なかでも、人間が宇宙と互いに胸を接し合うように生きており、今日における関心のありかたとはすこぶる異なる興味津々たるようすで、天体の運きを眺めていた時代はとくにそうだ。

カルデア人は、バビロニア時代の終わりにいたるまで、宇宙との元素に関する直接性を保ち続けていた。さらにのちには、バビロニアの主神マルドゥクをはじめ神々にまつわる独自の神話や、占星術師や魔術師《マギ》の山ほどのぺてんを生み出したが、星をめぐるまじめくさった伝承を何もかも放逐したりはせず、星群を見つめる者と夜空との密接な関係もことごとく破壊したりはしなかったようだ。魔術師《マギ》どもは数世紀のあいだ消えることなく、神ないし神々を引きずり込んだりもしないまま、天界の神秘に興味を抱き続けていたかに思われる。天界をめぐる伝承がのちに易断や呪術の退屈なかたちに堕したのも、人間史の一頁を飾る出来事にすぎない。宗教をはじめ人間にまつわる事柄はすべて堕落するのであり、蘇生と復活をめざさねばならない。

地中海東岸において、水と火をめぐる幾多の古代宇宙伝承が細々と続き、イオニア学派の哲学者出現や近代科学成立への下地を築いたように、星群をめぐる赤裸にして神々のいない伝承が保たれたことで、天文学が成立する下地ができた次第だ。

生き生きとして互いに絡み合う天体から地上の生命を壮大に制御するという思想は、紀元前の人々に対して、現代人の想像をはるかに超えるほどの影響力を持っていた。幾多の国々において、数え切れぬほどの神や女神、ヤハウェ、命を賭して人々の罪をあがなう救世主に対する信仰が存在するとはいえ、その根底には古代宇宙の幻像界が存続していた。また人々は、どんな神と比べても、星群による支配という観念を根本的に信仰していたのではあるまいか。人間の意識にはいくつもの層があり、国民として教育を受けた意識が高次元に達して何世紀も経ったのちでさえ、意識の最下層はとりわけ庶民においてなまなましいほど活発であり続けた。人間の意識はつねに元来の水準に回帰しがちなものだ。回帰の仕方は二とおりある。堕落と退廃によるかたちと、新たな旅立ちとして自ら進んで再び根源へと戻ってゆくかたちだ。

ローマ時代には、人間の意識が最古の水準へと大がかりに戻ってゆく動きがあった。といっても退廃と迷信への回帰という結果に終わったのだが。それでも紀元後の二百年間、天界による支配はいかなる秘儀信仰にもまさるほどの強い迷信の力をともない、かつてないほど勢いよく人間の頭上に戻ってきた。占星術が大流行となった。運命、運勢、宿命、性格など、万事が星すなわち七衛星次第となった。七衛星は天界の七**支配者**であり、人間の運命をどうにもならぬような、これしかないというかたちに定めた。その支配は終いに狂気の一形態となり、キリスト教徒と新プラトン学派は全力で抵抗した。

呪術や秘儀信仰と境界をなすこうした迷信の要素は、アポカリプスにすこぶる強く表れている。ヨハネの黙示録は呪術を用いた書物だと言わねばならない。秘教に利用することを暗に示す箇所がいたるところにある。またこの書物は長きわたり、秘教目的とりわけ易断と預言のために利用されてきた。実際そうした目的に加担している。いやそれどころか、とくに後半などは、当時の秘教主義者たちの呪術ふうの発言そっくりの、おどろおどろしい預言という意図で叙述されている。つまりは時代精神反映の書だ。『黄金のロバ』[125]が、当時とさほど変わらぬ百年近くのちの時代精神を反映しているのと同じことだ。

つまるところ数字七はほぼ〝聖なる〟数ではなくなり、アポカリプスの呪術めいた数と化している。この書物では後半になるに従い、古代の神聖な要素が消えてゆき、〝現代ふう〟すなわち紀元一世紀の気味を帯びた呪術と予言と秘儀の実践が増えている。今や七は現実の幻像にまつわる数というより、易断と魔術を表す数だ。

それゆえかの〝一時《ひととき》、二時《ふたとき》、また半時《はんとき》のあいだ〟［「ヨハネの黙示録」第十二章第十四節］というくだりが表れる次第だ。これは三年半ということで、元来はダニエル書にあるくだり［「ダニエル書」第七章第二十五節、第十二章第七節］で、諸々の帝国崩壊を預言するという秘儀に準ずるおこないは、すでにダニエルから始まっていたわけだ。このくだりは聖なる一週間の半分を表すものとされている――七〝日〟すなわち聖なる一週間を丸ごと与えられることのない悪の君主たちに許されるのが三日半だ。だがパトモスのヨハネにとって、これは呪術にまつわる数だ

月が天界での一大強者として人間の身体を支配し、物質代謝を管理していたいにしえのころ、七は月の弦の一単位だった。いまだ月は物質代謝を左右しているし、一週間は七日になっている。エーゲ海のギリシア人においては一週間は九日だった。今は違う。

ともあれ七はもはや聖なる数ではない。ことによると、いまだ多少は呪術に関わっているかもしれないが。

XX

数字の十は一つの系列における自然数だ。〝ヘレネス［Ⅶにて既出］が十までかぞえると始めから出直すのは自然なことだ〟。十はむろん両手の指の数だ。〝万物の根本原理は数なり〟とピュタゴラス学派が断じるにいたった根拠の一つとして、自然界を通じて見られる五の繰り返しが挙げられる。アポカリプスでは、十は一系列における〝自然な〟もしくは完全な数だ。十個の小石は下の列から順に4＋3＋2＋1と積み上げ、三角形を作ることが可能だと、ピュタゴラス学派は小石を用いた実験で発見した。この一件で学派に属する人々は想像をたくましくした――だがヨハネが描いた二匹の邪悪なけものにある十の頭ないし冠を載せた角は、皇帝や王の完結した系列を表しているにすぎないのだろう。角は帝国もしくはその支配者のありふれた象徴だ。むろん古代における象徴たる角は力の象徴だ。活気あふれる有機宇宙《コスモス》から、また緑の星さながらまばゆい生命の竜から、なかんずく脊椎の基底でとぐろを巻き、ときおり背骨に沿って勢いよく身をくねらせ、ひたいをおごそかに輝かせる体内の生命力に満ちた竜から、人間に伝えられた聖なる力の象徴だ。これはまた、モーセのひたいに芽生える力強い黄金の角［「出エジプト記」第三十四章第二十九～三十節参照］として、あるいはエジプト王パロの眉間でもとぐろを巻き、今では個人の竜となっている黄金の蛇形記章《ウラエウス》としても表れる。だが一般人にとっては、力を表すこの角は、勃起した陰茎、男根、豊穣の角を表していた。

XXI

最後の数たる十二は確立された不変の宇宙を表す数で、他の天体の運動とは別の運動をする（古代ギリシア的意味での）物理的宇宙たる、さすらう衛星群などを表す七と対比される。十二は十二宮の数であり、一年をなす月の数だ。四の三倍ないし三の四倍で、双方は完璧に対応し合う。また十二は天体の完全周期であり、人間の完全周期だ。人間は古代の体系によれば七つの本性を備える。すなわち6＋1で、最後のは完全性という本性だ。だが人間は古い本性に加えて新たに別の本性を有するにいたる。人間には古きアダムのみならず新しきアダムもいると認められる。ゆえに人間の数は十二だ。本性を表すのは6＋6、さらに一が完全性を表す。だがその完全性は今やキリストのうちにあり、人間の眉間において象徴されることはない。自身を表す数が十二となったため、人間は申し分ないほど総合化され確立された。確立され不変の存在となったわけだ。不変というのは今や完成されているからであり、変わる必要がなくなった。十三という数（迷信では不吉を表す）で表される完全性とは、天のキリストとともにあるということだ。以上が〝救われたる者〟の自身に関する見方だった。また現在でも正統派の見方だ。キリストにおいて救われた者たちは完璧にして不変の存在であり、変化する必要がない。完全に個人化されている。

XXII

黙示録の後半に入り、生まれたばかりの子が御座へ引き上げられ、女が荒野へ逃げたというくだりを過ぎると、いきなり雰囲気が変わる。古代の背景はまったく消え去り、純ユダヤ教色、ユダヤ＝キリスト教色の濃いアポカリプスだなと感じられる。「かくて天に戦《いくさ》起これり。ミカエルおよびその使いども竜と戦う」〔「ヨハネの黙示録」第十二章第七節〕――ミカエルたちに天から地へ投げ落とされた竜は悪魔となり、興味を惹く存在ではまったくなくなる。神話の大物たちが論理的存在や単なる道徳的影響力を持つ存在となると、興ざめしてしまう。道徳を説く天使や道徳を説く悪魔にはうんざりするしかない。〝論理的な〟愛と美の女神アフロディテにはうんざりするしかない。紀元前一〇〇〇年からほどなくして、世は道徳や〝罪悪〟についていささか常軌を逸した。ユダヤ人はずっと毒されていた。

わたしたちがアポカリプスに求めてきたのは、倫理にまつわる代物ではなく、もっと古く大いなる内容だ。炎のごとく燃え上がる古代の生命愛や、目には見えぬ死者の存在が生み出す不可思議なおののきが、真の古代宗教を脈打たせてきた。道学めいた宗教はユダヤ人にとってさえわりに近代の産物だ。

ともあれアポカリプスの後半は道徳一色、つまり罪悪と救済ばかりだ。わずかばかり古代宇宙の驚異をうかがわせる箇所がある。竜が再び女を追いかける。女はワシの翼を与えられ、荒野にある自身の居場所へ飛んでゆく［同第十二章第十三～十四節参照］。だが竜は女を追いかけ、大量の水を吐きかけて押し流そうとする。〝しかるに地は女を助け、その口を開けてなかの洪水を飲み干せり。竜は女に怒りてその裔《えい》に残れる者、すなわち神の戒めを守り、イエスの証を従う者〟と戦わんとて出でゆけり」［同第十二章第十六～十七節］

むろん最後の言葉は道徳的な結末として、あるユダヤ＝キリスト教の律法学者の手でこの神話の断片に加えられたものに違いない。ここでの竜は水に棲む竜つまり混沌の竜であり、邪悪な面をあらわにしている。新たな存在、新たな時代の誕生に全力で抵抗している。地上に残った唯一の〝善き〟存在だからと、キリスト教徒を攻撃している。

それゆえ竜は哀れでみすぼらしい姿をさらしている。海から上がったけものにおのれの力と地位と大きな権威を与える。「七つの頭《かしら》と十《とお》の角あり、角には十の冠あり、頭には神を穢す名あり。わが目に映りしけものはヒョウに似て、その足は熊のごとく、その口は獅子の口のごとし」［同第十三章第一～二節］と描かれるけものだ。

このけものはすでにわたしたちにはおなじみだ。ダニエル書に登場し、描写されている［「ダニエル書」第七章参照］。これは現世における最後の大帝国であり、十の角とは帝国──むろんローマだ──のなかで同盟を結成した十の王国のことだ。ヒョウやクマやライオンの属性についても、ローマに先立つ三帝国として、すなわちヒョウさながらに敏捷なマケドニア人、クマさながらに頑強なペルシア人、ライオンさながらに貪欲なバビロニア人としてダニエル書に述べられている。

わたしたちは再び寓意の次元へと戻る。わたしの場合、もはや心からの興味は持てない。寓意は例外なく説明が可能なものだ。説明しつくすことも可能だ。真の象徴は説明を拒否する。真の神話もそうだ。双方に意味を与えることは可能だ──説明しつくすことは不可能だろう。象徴も神話もわたしたちの知性に作用するばかりではない。例外なく感覚の中枢を深く揺さぶってくる。知性の大きな特徴は決着性だ。知性は〝理解する〟。それで事は終わりというわけだ。

だが人間における情緒面の意識には、知性面の意識とはすこぶる異なる生命と運動がある。知性は部分を単位にして、部分ごとに区切って、文を書いたあとに句点を打つように物事を把握する。だが情緒の心は川や海さながら、すべてを飲み込むように把握する。竜の象徴を例にとろう。支那の茶碗や古代の木版に描かれた竜の姿を見てみる、あるいはおとぎ話における竜のくだりを読んでみる──で、結果はどうだろう。古代的な情緒面の自我が活発な向きなら、竜を見て竜について考えれば考えるほど、情緒面の意識がますます遠くまでほとばしり、計り知れぬいにしえにまで遡ると、かすんだように暗い魂の領域に入ってゆく。ところが、現代人によくあるように、感じることすなわち知ることとなりという古代の流儀とは無縁な場合、竜はただあれこれの物事を〝表す〟のみだ――フレイザーの『金枝篇』（一八九〇～一九三六）に表されたすべての事柄を。この竜は、薬局の前に置かれた金めっき付きのすりこぎおよびすり鉢さながらの、いわば記号ないし表号だ――あるいはエジプトの女神が手にしている生命の象徴、すなわちアンサタ十字を見ればもっとよくわかろう。子どもならば〝これがどんな意味なのかわかっている〟。だが真に生きている大人ならば、この象徴を一目見ただけで、自分の魂が脈打ち大きくなってゆくのを感じる。しかしながら、現代人は女も含めてほぼ全員が半ば死んでいる。現代人も、アンサタ十字を見ればどんなものかわかるが、それだけのことだ。みな自身の情緒面の無力ぶりを誇っている始末だ。

当然ながら、アポカリプスは実に長いあいだ〝寓意〟作品として世に受けてきた。何もかもが〝何かを意味していた〟――しかも道徳にまつわる何かを。そんな意味はきっぱり拒絶できる。

海から出てきたけものはローマ帝国を表している――そのあとの666という数字はネロを〔「ヨハネの黙示録」第十三章第十八節参照〕。地から出てきたけものは異教の聖職権力を、すなわち諸々の皇帝を聖なる存在に仕立て、キリスト教徒に対して皇帝への〝崇拝〟さえ強いた坊主の権力を表している。地から出てきたけものには小羊のように角が二本ある。このけものはにせの小羊にして反キリストであり、邪悪な信者どもに驚異や奇跡のおこないをするよう教える――つまり魔術を使えというわけだ、サマリアのシモン［「使徒言行録」第八章第九～二十五節参照］その他のように。

キリストあるいは救世主の教会が、こうしてけもののせいで殉教するわけだが、その後は善きキリスト教徒がみな殉教者となる。そうしてついには、ほどなく――そう、四十年か――すると、救世主が天から降りてきて、けものすなわちローマ帝国やけものとともにある諸王に戦いを挑む。バビロンと呼ばれるローマが派手に打倒され、その滅亡に対して高らかに凱歌が挙げられる［「ヨハネの黙示録」第十四章第八節、第十八章参照］――ただし、この凱歌における最良の詩情は、すべてエレミヤ書やエゼキエル書やイザヤ書から盗んできたものだが。聖徒に列せられたキリスト教徒たちは崩壊したローマを満足げにながめる。するとそこへ、倒した諸王の血に染まる衣をまとった勝利者の騎士が現れる［同第十九章第十一～十三節参照］。このあと新しきエルサレムが、騎士の花嫁にならんとて天から降りてき［同第二十一章第二節参照］、尊い殉教者たちは各々の座を与えられる［同第二十章第四節参照］。そうして一千年のあいだ（ヨハネはエノク書とは違い、四十年ぽっちではよしとしない）、至福千年《ミレニアム》たる一千年のあいだ、昇天した殉教者に支えられて小羊がこの世に君臨する。至福千年のあいだに、殉教者たちがアポカリプスにおける聖ヨハネと同じく凶暴で残忍になる――テモテは復讐を叫んでいる[126]――とするなら、聖徒支配における一千年のあいだに、ひどいこらしめを受ける者も出てこよう。

だがこれだけはない。一千年が過ぎると、大地も太陽も月も星も海も、つまり全宇宙《ユニバース》が消し去られるかもしれない。初期キリスト教徒たちは世界の終末を心から願っていた。まずはおのれの身にとてつもないことが起きるのを待ち望んでいた――テモテは復讐を叫んでいるではないか！ ともあれそのあとには、太陽も星も何もかも、つまり全宇宙《ユニバース》は消し去られるぞというわけだ。続いておなじみになった栄光の聖徒や殉教者を新たにともない、新しきエルサレムが現れるぞ、そうしてほかのものはすべて消え去っているはずだ、というわけだ。ただし硫黄の燃える池は残り、そのなかで魔王や悪霊、けもの、悪人どもはいつ果てるともなくじりじり焼かれ苦しめられるのだ、アーメン！

こうしてこの誉れ高き作品、いやむしろ胸の悪くなるような作品は終わる。復讐はエルサレムのユダヤ人にとって実に神聖なる義務だった。ところで、わずらわしくてならないのは、この復讐よりむしろ聖徒や殉教者のたえざる自己美化と根深い尊大ぶりだ。〝新しく白き衣〟［「ヨハネの黙示録」第六章第十一節、第十九章第十四節参照。ただし両箇所とも〝新しき〟の一句はない］をまとうこの者たちの姿には憎悪すら湧く。訳知り顔での支配にはうんざりする。連中の心根たるやなんと下劣なことか、なにせ全宇宙《ユニバース》すなわち鳥や花や星や川や、それに何より、おのれ自身と大事な〝救われたる〟兄弟を除く万人を消し去れと、そう口を開けば言い張るのみなのだから。花々は決して色あせずいつまでも同じさまを保つ。そんな連中の新しきエルサレムはなんと忌まわしいところか。色あせぬことなき花をめでるなど、なんたる救いがたき俗物趣味《ブルジョワ》か！

世界《ユニバース》を破壊せんという〝不敬な〟キリスト教徒の欲望を知って、異教徒が恐れおののいたのも驚く話ではない。旧約聖書に出てくる古代ユダヤ人でさえ震え上がったことだろう。なぜなら古代ユダヤ人にとっても、大地と太陽と星群は全能者たる神による壮大な創造物として永遠の存在だったからだ。だがなんと傲岸な殉教者どもときたら、そんな偉大な創造物がはかなく消えてゆくさまを見ずにはいられぬという。

いやはや凡庸な大衆のキリスト教だ、このアポカリプスのキリスト教は。醜悪だと評すほかない。独善性や虚栄心、尊大性、ひそかな嫉妬《そねみ》がこの宗教の根底にある。

イエスの時代のころには、自身が王座につく機会など決して訪れぬこと、二輪戦車を操ったり黄金の盃で酒を飲んだりするなど決してありえぬことは、最下層の人々も並の水準にいる人々もすでにわかっていた。ならばけっこうだ――そんな生き方をすべてこなごなにして復讐を果たしてやろうじゃないか。〝大バビロン倒れたり、倒れて悪魔の棲まうところとなれり〟［「ヨハネの黙示録」第十八章第二節］。そうして金、銀、真珠、宝石、上質の麻布、紫布、絹地、緋布――さらに肉桂、乳香、小麦、家畜、羊、馬、戦車、奴隷、人間［同第十八章第十二〜十三節を一部引用］――すべて大バビロンでめちゃくちゃだ、めちゃくちゃだ、めちゃくちゃだ。こんな凱歌にまじって、そう、嫉妬《そねみ》の声が、甲高い嫉妬《そねみ》の声がいつ果てるともなく聞こえるではないか！

なるほど、東方教会の教父たちが新約からアポカリプスを抜こうとしたのもわかる。だがイエスの弟子にユダがいたのと同じく、この一篇が取り入れられるのも必然だった。アポカリプスはキリスト教の大いなる像にとって陶土作りの脚［知られざる弱みの意。「ダニエル書」第二章第三十二〜三十五節参照］だ。まさにこの弱い脚に支えられる像は崩れ落ちてゆく。

イエスがいる――だが聖ヨハネもいる。キリスト教の愛がある――そうしてキリスト教の嫉妬《そねみ》もある。前者はこの世を〝救う〟だろう――後者はこの世を壊すまで満たされまい。両者は表裏一体だ。

XXIII

実のところ、一般大衆に個人としての自己実現を教え込もうとしても、相手はつまるところ断片的な存在にすぎず、全的個人たりえないのだから、こちらとしては相手を妬み深く、恨みがましく、悪意に満ちたやからに仕立てるのがおちだ。人にやさしい者はみな大方の人々の断片性を悟り、力で成り立つ社会を築きたいと思う。人々が当然ながら集団として全体をなす社会を築くのだ、なにせ連中は個人としての全体性とは無縁なのだから。こんな集団的全体性において人々は生をまっとうするだろう。だが個人としての生の充足を求めるべく努めても、必ず挫折する。本質として断片的存在だからだ。それゆえ挫折した者たちは、全体性をどこにも求められぬため、妬みと恨みを抱くにいたる。イエスはすべて承知していたのだ、次の言葉を見てみよ。「持ちたる者、なお与えらるる」［「マタイによる福音書」第二十五章第二十九節。正確には「持ちたる者、みななお……」］云々――だがそのイエスも平凡な大衆の存在を考慮しそこなっていた。大衆の座右銘はこうだ。〝我々は何も持たない。だから誰も持つべからず〟

ともあれイエスはキリスト教徒個人にとっての理想を示し、国家ないし民族にとっての理想を示すのは意図して避けた。「皇帝《カイザル》のものは皇帝《カイザル》に」［「マタイによる福音書」第二十二章第二十一節、「マルコによる福音書」第十二章第十七節、「ルカによる福音書」第二十章第二十五節］と述べたとき、イエスは否応なしに皇帝《カイザル》に対して人間の肉体の支配を任せたわけだが、この一件で人間の精神と魂は恐るべき危険に陥る次第となった。すでに紀元後六十年にはキリスト教徒は呪われた分派となっていた。しかも万民と同じく、犠牲を捧げること、つまり生ける皇帝《カイザル》を崇拝することを余儀なくされた。人間の肉体に対する権力を認めたことで、イエスは皇帝《カイザル》に対する崇拝の念をかたちに表すよう人々に強いる力を皇帝《カイザル》に与えたわけだ。さて、どうだろう、イエス自身ははたしてネロやドミティアヌス(127)に対して崇拝の念をかたちに表しえたか。そんなまねをするぐらいなら、きっと死を選んだろう。あまたの初期キリスト教の殉教者がそうだった。つまり当初からすさまじいジレンマが存在していたわけだ。キリスト教徒であるとは、帝国ローマに牛耳られて死を迎えるということだった。いやいやながら皇帝信仰の輪に加わり、神聖な人カイザルを崇めたてまつるなど、キリスト教徒としてありえぬことだったからだ。ゆえに、キリスト教徒が一人残らず殉教する日も遠くないと、そうパトモスのヨハネが信じたのも無理からぬ次第だ。皇帝崇拝が国民に有無を言わさず押しつけられるなら、実際その日はほどなく訪れよう。キリスト教徒としては、一人残らず殉教せざるを得ないとき、キリストの再臨、復活、究極の復讐をおいてほかに何を望みえよう！　救世主が死して六十年、キリスト教社会成立の条件が整った。

成立を決定づけたのはイエスだ、金銭は皇帝《カイザル》のものなりと述べたのだから。が、この発言は誤りだった。金銭とはパンのことだが、人間のパンは人間のものならず。金銭は力のことでもあり、力を事実上の敵に与えるのはとんでもないことだ。皇帝《カイザル》が遅かれ早かれキリスト教徒の魂に暴力を加えるのは必定だった。だがイエスには個人しか見えておらず、頭にあるのは個人のみだった。イエスはパトモスのヨハネにあとを託した。ヨハネは帝国ローマに立ち向かい、キリスト教徒におけるキリスト教国の幻像を明示せんとした。アポカリプスが実践の場となった。その完成には、全世界の破滅と究極の肉体なき栄光に包まれた聖徒支配とが欠かせない。いや、あらゆる地上権力の崩壊と殉教者による寡頭制（千年王国）とが欠かせぬではないか。

あらゆる地上権力の崩壊に向けて今やわたしたちは動いている。殉教者の寡頭制はレーニン［一八七〇～一九二四］から始まった。どうやらムッソリーニ［一八八三～一九四五］も殉教者のようだ。実に、実に妙な者どもだ、この不気味で冷酷な道徳観念を抱いた殉教者は。あらゆる国がレーニンないしムッソリーニのごとき殉教者ふうの支配者を戴いたなら、どれほど不可解で問題外の世界ができることだろう。だが現にできつつある。アポカリプスはいまだ呪術にも似た魅力を持つ一篇だ。

キリスト教の教義と思想が見落としてきたすこぶる重要な点がいくつかある。キリスト教徒が夢想の世界でのみそうした点を捉えてきた。

一、純粋な個人は一人もおらず、一人としてありえない。大多数の人間の場合、個人性というものは、たとえあるにせよほんのごくわずかだ。生きるのも動くのも考えるのも感じるのも集団としておこない、個人としての情緒や感性や思想は事実上ない。大多数の人間は集団ないし社会全体の意識の断片だ。今までつねにそうだったし、これからも変わるまい。

二、**国家**や、集団的全体性としてのいわゆる**社会**には、個人心理は存在しえない。また**国家**が個々人で成り立っていると見るのは誤りだ。そうではない。**国家**は断片的存在の集合体だ。集団的行為は、投票のようなすこぶる個別性の高いことであれ、個別自我からは決してなされない。そうした行為は集団自我からなされており、背景として個人性とは無縁の別な心理が働いている。

三、**国家**はキリスト教徒たりえない。あらゆる**国家**は一**権力**だ。それ以外ではありえない。あらゆる**国家**はおのれの国境を守り、おのれの繁栄を保たねばならない。それをしそこなえば、個々の公民を裏切ることになる。

四、あらゆる公民は世俗権力の一単位だ。各々の人間は純キリスト教徒にして純個人たらんと思うかもしれない。だがなんらかの政治的な国家ないし国民の一員にほかならないので、世俗権力の一単位たることを余儀なくされる。

五、一公民として、一集団的存在として、人間は自身の権力意識を満たすことで達成感を得る。いわゆる〝有力国家〟の一つに属しているなら、自身の国の力ないし威力を意識すると本人の魂は充足される。自身の国が階層制で栄華と権力の頂点に堂々と昇りつめれば、本人も当該制度において自身の地位を確保し、ますます充足感を得るだろう。だが自身の国が強大でしかも民主制を採っている場合、他人の自由な行動に口を出し、行動をじゃまするとに自身の力を発揮せねばという思いにいつもとりつかれるだろう。人より目立ったことをやるやつは許されんというわけだ。これが現代民主主義の状況、すなわち絶えざるいじめの状況だ。

民主制では、力のあるところには必ず他者に対するいじめが表れる。いじめは力の悪しきかたちだ。現代のキリスト教国家は精神を破壊する勢力だ。なぜならそうした国家は、断片の寄せ集めで成り立っているにすぎず、有機的全体性とは無縁だからだ。階層制では、各部分は有機性と生命力を持っている。わたしの指はわたしの有機性のある必須の部分だ。ともあれ民主制は結局のところ猥雑な存在たらざるを得ない。というのも互いにばらばらな無数の断片から成り立っており、各断片は偽りの全体性、偽りの個人性を帯びているからだ。現代の民主制を成り立たせているのは、独自の全体性を主張して互いに摩擦を起こしている無数の部分だ。

六、自らに関して、個別自我にのみ意を用いて集団自我を意に介さない、そんな個人のための理想を抱くのは、つまるところ致命的なおこないだ。階層制の現実を否定するような個人性重視の信条を抱けば、無秩序への道を辿るのみだ。民主制を奉じる人間は、凝集と抵抗、つまり〝愛〟の凝集力と個人的〝自由〟の抵抗力とにもとづき生きている。愛にすっかり身を任せれば自己は自己以外の存在に吸収される。いいかえれば個としての自己は死ぬ。なぜなら個人は自身の地歩を保たねばならぬからだ。でなければ〝自由〟な個人ではいられなくなる。こうして、現代にとっては自ら証明した内容に驚きあわてる結果として、自らどんな事態を証明する次第となったかといえば、すなわち個人は愛することあたわずという次第だ。個人は愛するということができない。これを公理としようではないか。現代の男女は自らについて、個人としか見なしえない。男や女の内なる個人は、結局のところ自身の内なる愛し手を殺すほかない。各人は自身の愛する対象を殺す[128]というのではなく、各人は自身の個人性にこだわることで、男女を問わず自身の内なる愛し手を殺すということだ。キリスト教徒はあえて他者を愛そうとはしない。というのも愛はキリスト教的なるもの、民主的なるもの、現代的なるもの、つまり個人という観念を殺すからだ。個人は他者を愛することあたわず。他者を愛するとき、個人は純個人ではなくなる。ゆえに自分を取り戻し、愛することをやめねばならない。これこそ現代においてとりわけ驚くべき教訓だ。個人、キリスト教徒、民主主義擁護者は他者を愛することあたわず。他者に愛を与えれば、男も女も与えた愛を取り戻さねばならない。

私的な愛あるいは一個人の愛についてはここまでにしておく。では別の愛、自分の隣人を自分のように愛するという〝キリスト者の隣人愛《カリタス》〟についてはどうか。

これも同じことだ。隣人を愛するなり、相手に吸い込まれる危険を冒すはめになる。自分は相手から退き、地歩を保たねばならない。愛は抵抗と化す。結局のところ抵抗ばかりなり、愛はない。これが民主主義の歴史だ。

個人の自己実現の道を進むつもりなら、仏陀と同じく束縛を脱して孤独を守り、他人を顧慮しないのがよろしい。そうすれば涅槃《ニルヴァーナ》に達するかもしれない。おのが隣人を愛するキリスト流の生き方は、とどのつまり、おのが隣人にとことんあらがって生きるほかないという忌むべき異常事態に通じる。

不可思議な一篇アポカリプスはこの点をはっきり示す。読者は**国家**との関係におけるキリスト教徒の存在について教えられる。福音書や使徒書簡が避けている内容だ。アポカリプスには、**国家**や世界や宇宙に対するキリスト教徒の関係が示される。**国家**や世界や宇宙すべてに狂おしいほどの敵意を抱き、結局はすべてを破壊せんという意志を抱くキリスト教徒の姿が示される。

こうした点はキリスト教や個人主義や民主主義の暗黒面だ、現在の世界全体がわたしたちに示している面だ。まさに自殺だ。個人の自殺にして集団の自殺だ。人がその気になりうるなら、宇宙の自殺ともなろう。だが宇宙は人間の思うままにはならない。太陽はわたしたちにおもねって姿を消したりしない。

わたしたちとてこの世から消えたくはない。不本意な立場は放棄せねばならない。キリスト教徒、個人、民主主義擁護者としての不本意な立場を放棄しよう。自らに苦痛と不幸をもたらすのではなく、平穏で幸福たりうるような自己観念を見出そう。

わたしたちが何に対してわざわざあらがっているのか、アポカリプスは示してくれる。わざわざあらがっている相手は、宇宙や世界や人類や民族や家族に対する自分のつながりだ。アポカリプスにおいては、こうしたつながりはどれも呪うべき《アナテマ》代物であり、わたしたちにとってはアナテマだ。こちらとしてはつながりに耐えられない。これが自らの病だ。わたしたちは束縛を脱し、孤独を守らねばならない。そうした事態が、自由だとか、個性的だとかと称せられる。それが現代人のように、ある一点を越えると、自殺となる。現代人は自殺を選んだのかもしれない。けっこうだ。アポカリプスも自殺を選んだ、続いては自己美化を。

だがアポカリプスは、ほかならぬおのれの抵抗によって、人間の心にとってのひそかなあこがれの対象をあらわにしている。太陽や星、世界、王や支配者、緋布、紫布、肉桂、淫婦、さらには〝印せられる〟ことなき人間たちをまとめて破滅にいたらせるアポカリプスの熱狂ぶりからして、太陽や星や大地や大地の水を、また高貴や主権や威力や緋色だの金色だのの光輝を、また印する云々の一件に関わりなく情熱的な愛や他者とのあるべきつながりを、それぞれ黙示録作者がいかに深く求めているかを読者は目の当たりにする。人間が何より熱く欲しているのは、自らの生ける全体性や生ける連帯性であり、自らの〝魂〟の孤立せる救済ではない。人間は第一に自身の肉体の充足を望む。今このとき、この一度きりの機会において、肉体と性交能力を具えているからだ。人間にとって、とてつもない驚きとは生あることだ。花やけものや鳥の場合と同じく人間にとっても、至高の成功の喜びは元気いっぱいに申し分なく生きることだ。生まれざる者や死せる者は、ほかにどんなことを知っていようが、肉体を生かすことの美しさや驚きなどは知るすべもない。死せる者は来世に関与することはできようが、今このときにおける気高き肉体生命はわたしたちの、わたしたちだけの、ほんの一時期わたしたちだけのものだ。命ありて肉体を具え、生き生きした実体のある有機宇宙《コスモス》の一部たることに、わたしたちは手の舞い足の踏むところを知らずといった心持ちになるべきだ。わが目がわが身体の一部たるように、わたしは太陽の一部だ。わたしが大地の一部たることをわが足は百も承知だ。わが血は海の一部だ。わたしが人類の一部たることをわが魂《ソウル》は知っている。わが精神はわが民族の一部たるように、わが魂は大いなる人間の魂の有機的一部だ。自分自身としては、わたしはわが家族の一部だ。知性を除き、純粋かつ隔絶された〝私〟は何もない。知性は独自には存在しえず、水面できらめく日光にすぎぬことを、わたしたちは思い知らされる次第となろう。

ゆえに〝私〟の個人主義は実のところ幻想だ。わたしは壮大な全体の一部であり、その立場からは逃げられない。だがわたしも、自分のつながりを嫌い、断ち切って、一つの断片となることはできる。するとわたしはみじめな存在となる。

わたしたちが欲するのは、自身の虚偽にして有機性を欠く縁、なかんずく金銭にまつわる縁を打ち破り、宇宙や太陽、大地、人類、民族、家族との命ある有機的な縁を再び定めることだ。まずは太陽とともに事を始めよ。あとは次第次第に生じるだろう。

【訳注】

（1）ジョン・バニヤンの宗教寓意物語（一六七八）。

（2）紀元前三〇〇年ごろ、アレクサンドリアに生きた数学者。ユークリッド幾何学の創始者。

（3）一五五二？〜九九。イギリスの詩人。

（4）〝翼の内もまわりも目に満ちたり〟とする版多し。ロレンスは欽定訳を用いているようだ。

（5）ベテルとは非国教徒の礼拝堂。ヘブライ語で神の家の意。

（6）会衆派とは、個々の教会の独立と自治にもとづき、国教会とは一線を画したプロテスタント一派。

（7）イングランド北中部ノッティンガム州イーストウッドにある教会堂。

（8）ジョン・ヘンリー・ニューマン枢機卿による賛美歌（一八三三）。

（9）外部からの証明を必要としないもの。イギリスの大執事にして聖書学者ロバート・ヘンリー・チャールズが *A Critical and Exegetical Commentary on the Revelation of St. John*（一九二〇）で用いた表現。

（10）一一八一?～一二二六。イタリアの修道士。

（11）一七九二～一八二二。イギリスのロマン派詩人。

（12）一八五六～一九二四。アメリカの第二十八代大統領（一九一三～二一）。

（13）一八六八～一九一八。ロマノフ王朝最後の皇帝。

（14）「マタイによる福音書」第二十六章第四十八～四十九節、「マルコによる福音書」第十四章第四十四～四十五節、「ルカによる福音書」第二十二章第四十七～四十八節参照。

（15）アルフレッド・アドラー（一八七〇～一九三七）の説にもとづく。

（16）一八七〇～一九四四。スコットランドの聖書学者。

(17) 一六一一年にイングランド王ジェイムズ一世の命により出版された聖書訳。
(18) 「マタイによる福音書第四章第十八節」、「マルコによる福音書」第七章第三十一節参照。
(19) 「ヘブライ人への手紙」第四章第十二節参照。神の言葉のこと。
(20) 「エゼキエル書」第一章第二十六～二十八節、「ダニエル書」第七章第九～十節参照。
(21) ロレンス「秋の陽光」に同じ表現がある。*New Poems*（1918）所収。
(22) 古代セム人種に属し、占星術に通じた人々。カルデアとは古代バビロニア南部地方の名。
(23) ギリシア神話における月と狩りの女神。
(24) 古代小アジアの王国フリギアにおける大地の女神。
(25) 古代セム族における豊穣と生殖の女神。
(26) ローマ神話における農耕の神。英名サターン。
(27) ローマ神話における愛と美の女神。英名ヴィーナス。
(28) エノク書は三種あるが、ここでは第一エノク書と呼ばれる偽書のこと。
(29) 前二一五？～一六三。セレウコス朝シリアの王。
(30) ザ・サン・オブ・マン。救世主のこと。「ヨハネの黙示録」第一章第十三節など。
(31) 「ヨハネの黙示録」第十九章第十六節。この種の表現は「テモテへの手紙」I第六章第十五節など聖書全体に散見される。
(32) 前一〇六～四八。ローマの将軍、政治家。

(33) 前三五六～三二三。マケドニアの王。
(34) 前六〇〇～五二九？。ペルシア王。
(35) 旧約聖書はエズラ記、エレミヤ書、ダニエル書の一部を除き、ヘブライ語で書かれている。
(36) 前一〇四〇？～九七〇。ダビデは第二代イスラエル王。
(37) アッシリアは古代オリエント初の統一帝国を建設したセム族の国家。
(38) 前六一一？～五四七。ギリシアの哲学者、天文学者。
(39) 太陽や月など諸星の源とされる。
(40) アッシリアないしアッカドの智天使（＝ケルビム）。「ヨハネの黙示録」第四章第六～八節、「エゼキエル書」第一章第五～十四節参照。
(41) 古代イスラエルの民の移動式神殿。「ヨハネの黙示録」第十三章第六節および第十五章第五節、「出エジプト記」第二十五～二十七章および第三十三章第七～十節参照。
(42) 天使九階級中の第八位。前記智天使は第二位。
(43) それぞれ天使の序列では第一位と第二位。
(44) プラトン哲学における宇宙形成者。
(45) 一八五五～一九三一。イギリスの聖書学者、神学者。
(46) アブラハム、イサク、ヤコブの子孫と称する古代パレスチナに住んでいたセム族一派。
(47) 古代哲学における宇宙の四大元素の一つ。

(48) 紀元前七二二?のアッシリア捕囚および同五九七のバビロン捕囚後のありさまを指す。
(49) 六八年に死んだローマ皇帝ネロが生き返るという神話が世紀後半に生まれたことを指す。
(50) ネロがローマ皇帝だったのは、五四年から六八年まで。
(51) フランス北東部の都市。
(52) 第一次世界大戦でドイツ軍の空爆によって大破するが、一九二七年にほぼ復興した。
(53) 古代クレタ島の住民。
(54) エトルリアはイタリア、トスカーナ地方の古名。
(55) 前六二四?~五四六?。万物の根源を水と説いたギリシアの哲学者。
(56) 前五八〇?~五〇〇?。ギリシアの哲学者、数学者。
(57) 一八五二~一九二二。スコットランドの聖職者、神学者。
(58) 一八六五~一九二〇。ドイツの神学者、新約学者。
(59) ドイツ、オーストリア=ハンガリーなど。第一次世界大戦中はトルコ、ブルガリアも含んだ。
(60) イランが正式の国名になったのは一九三五年だが、国民は以前から〝イラン〟を使っていた。
(61) 古代エジプトにおける歴代王の名。とくに第十九王朝から第二十王朝までの十二人の王を指す。
(62) 前六六八?~六二六。アッシリア帝国最後の王。
(63) 古代ペルシア、アケメネス王朝の名。ここではとくに一世王(前五五八?~四八六?)を指す。
(64) 前五三五?~四七五?。古代ギリシアの哲学者。万物は火の変成で、永遠に流転すると唱えた。

(65) 前四九三?～四三三?。古代ギリシアの哲学者。万物は地、水、火、気の四元素からなり、かつ愛と憎との力で結合・分離すると考えた。

(66) 前五〇〇?～四二八?。古代ギリシアの哲学者。万物の根源を無数の微粒子と考えた。

(67) ギリシア神話の一挿話。答えられぬ通行人を殺していたスフィンクスは、オイディプス王に正しい答えを言われてしまい、自ら命を絶った。

(68) ギリシア神話中の人物で、トロイア戦争におけるトロイア第一の勇士。

(69) ギリシア神話におけるスパルタ王。

(70) プラトン『ソクラテスの弁明』参照。ソクラテスは霊魂の最大限可能な完成を説いた。

(71) サン族の俗称。アフリカ南部の狩猟民族。

(72) 紀元前八世紀のギリシア詩人。

(73) 一八一七～九三。プラトンの翻訳で知られるイギリスの古典学者。

(74) 古代ローマ市民がまとったゆるやかな長い外衣。

(75) 古代ギリシア市民がまとった短い毛織りの短い外衣。

(76) 叙事詩の題材としてふさわしい一連の出来事。

(77) 聖書では十二は使徒数やイスラエルの部族数など神との絆を表す。

(78) 聖書では七は完成、完璧を表す。

(79) オリゲネスや聖バシリウスなどを指す。

(80) クロムウェル（一五九九～一六五八）はイギリスの軍人、政治家。清教徒革命で当時の王チャールズ一世を処刑した。
(81) クセノパネス『断片』三十二。イリスは虹の神。
(82) 魚はキリストの象徴とされる。
(83) ペルシア神話における曙光神、太陽神。原始の牛を屠殺し、その血で世界を肥沃にしたとされる。
(84)「出エジプト記」第十六章参照。とくに第三十一節には主からイスラエルの民に与えられるパンとして、マナの名が出てくる。
(85) 伝えるところ、ピュタゴラスは自らの神性を示すべく、アポロンに仕える僧侶アバリスに自らの金色の太腿を見せたという。
(86) 三九～八一。ローマ皇帝（七九～八一）。
(87) 九～七九。ローマ皇帝（六九～七九）。ティトゥスの父。
(88) 南風はウリエル、東風はミカエル、西風はラファエロ、北風はガブリエル。
(89) サハラ砂漠から地中海沿岸に向けて吹く熱風〝シロッコ〟。
(90) 古代エジプト最高位の女神。
(91) ひたいの真ん中に位置するという魔力の中心。サード・アイには直感の意もある。
(92) 灰は死や悔恨などの象徴。

(93) 命を落としたキリストが地下にある死者の国を訪れ、義人の霊を解放して天国へと導く行為。「ペトロの手紙」1第三章第十九節参照。

(94) ギリシア神話における大地の女神。

(95) ギリシア神話における天空の神。ガイアの息子にして夫。

(96) ギリシア神話における大地と農耕の神。ガイアとウラノスとの息子。

(97) ギリシア神話での最高神。クロノスの息子。

(98) ギリシア語で底なし淵の遣いの意。

(99) 「ヨブ記」第三章第八節および第四十章第二十五節、「詩篇」第一〇四章第二十六節参照。

(100) プラトン『法律』第四巻七〇五での、アテナイからの客人の言葉参照。正確には「塩辛く苦い隣人」。このアテナイ人は海について長所と同時に短所も指摘している。つまりここでロレンスが引いているのとは違い、海は全否定されているわけではない。

(101) 「マタイによる福音書」第十七章第一～十三節、「マルコによる福音書」第九章第二～十三節、「ルカによる福音書」第九章第二十八～三十六節参照。

(102) 「マタイによる福音書」第十八章第六節、「マルコによる福音書」第九章第四十二節、「ルカによる福音書」第十七章第一節参照。ただしいずれも双子とは明記されていない。

(103) ギリシア神話におけるスパルタ王。

(104) カストルとポリデュケスのこと。

(105) 人類の祖とも言われる三風神。
(106) サモトラケ島はエーゲ海北東部のギリシア領。
(107) 古代ギリシアの別称。
(108) サモトラケ島を中心とする地域の神々。ゲーテ『ファウスト』第二部第二幕八一七八行目参照。
(109) 原文の〝ムハンマド〟は、現在では蔑称とされる。
(110) ワシの頭と翼、ライオンの胴体を持つギリシア神話の怪獣。
(111) 英語圏の民謡 *Green Grows the Rushes, O* の一節。
(112) 精神分析学用語で、人間の行動の基底たる根源的欲望。
(113) アンリ・ベルクソンの用語。
(114) 一九〇二~七四。一九二七年、ニューヨーク＝パリ間の大西洋横断単独無着陸飛行に史上初めて成功した。
(115) 一八九五~一九八三。元世界ヘビー級王者。
(116) トロイアのアポロン神殿の神官。トロイア戦争において、木馬を城内に入れることに反対したため、ウミヘビに殺された。
(117) ギリシア神話におけるエチオピア王の娘。
(118) 岩壁につながれたアンドロメダを救い、妻とした勇士。
(119) ギリシア神話において、クロノスが支配した人類至福の時代。

(120) 黄金時代に続き、人間が神々に対する崇拝の念を捨てた時代。

(121) 白銀時代に続き、戦争と暴力が目立つ時代。

(122) 人間が最も堕落している現代。

(123) 前五八五?～五二八?。アナクシマンドロスの弟子。

(124) 紀元前六世紀における人類史上初の自然哲学者たちの一群をイオニア学派という。

(125) ローマの哲学者・風刺作家アプレイウス(一二五?～?)の小説。

(126) ドライデン「アレクサンダーの饗宴」(一六九七)の一〇六行目に〝復讐、復讐とティモテオス(=テモテのギリシア語名)叫べり〟とある。だがここでのティモテオスは、実のところパウロの弟子たるテモテとは別人。パウロは自身は「テモテへの手紙」Ⅱ第四章第十四節で、〝銅細工人アレクサンドロ大いにわれを悩ませり。主はそのおこないによりて彼に報いたもうべし〟と述べてはいるが。なお興味深いことに、ドライデン自身、フルート奏者のティモテオスとリラ奏者のティモテオスとを混同しているふしがある。

(127) 五一～九六。専制的なローマ皇帝(八一～九六)。

(128) オスカー・ワイルド“The Ballad of Reading Gaol”(1898)の第三十七および五十三行目。

力ある者どもは幸いなり*

*「心貧しき者どもは幸いなり」（マタイによる福音書第五章第三節）、「心清き者どもは幸いなり」（同第五章第八節）のもじり）

D. H. Lawrence

“Blessed Are the Powerful: Reflections on the Death of a Porcupine” *(1925)*

愛の治世は過ぎつつあり、力の治世が再び近づいてきた。

大衆民主制の時代は終わりかけている。すでにたそがれ時に入っており、夜は目の前だ。暗闇が来る前に自分たちの方向を定めるのが好ましい。

今や力とは何かについて深く問うべきときだ、新たな時代に愚かでぶざまな入り方をしたり、時代の境界を超える際に暗闇のなかで無秩序なる深淵に落ち込んだりせずにすむように。意志と力とはともあれ同一物だと、わたしたちはぼんやり考えている。力への意志を持ちうるつもりでいる。

力への意志は弱い者いじめとして表れるようだ。いじめは卑しみ憎むべきことだ。専制政治も、わたしたちには力の神格化のように見え、忌むべきことだ。

こうした力信仰は、力に対する誤った考えから生まれる。古くモーセの時代からあるような、力と意志とを取り違えるという誤りから生まれる次第だ。神の力と神の意志とをわたしたちは同一物だと思ってきた。少しのあいだ頭を働かせれば、両者は大きく異なることがわかる。

モーセの時代や、なかんずく列王の時代におけるユダヤ人は、ヤハウェを気まぐれな意思の神格化と見なすようになった。これが諸悪の根源だ、太古からある根源だ。

意志は自我の一属性にすぎない。いわばエンジンの加速装置または圧力強化の機器だ。人は強い意志を、いわゆる鉄の意志を持ちうるが、それでも無分別で無自覚な機器、つまり力とはまるで無縁の、単なる道具として役立つだけの存在にすぎぬこともありうる。

機器には、それが鉄の機器であれ、力はない。力を注入しないといけない。鉄の意志を持った人間にも、まさに同じことが当てはまる。

ユダヤ人は**意志**を神格化し、神の倫理的**意思**と見なすという誤りを犯した。ドイツ人もまた、人間の利己的な**意志**、すなわち力への意志を神格化するという誤りを犯した。

神格化された意志にはある種の愚劣ぶりが付き物であり、当然の結果としてそんな意志の信奉者には劣等ぶりが付き物だ。本人たちはみな劣等感を抱いている。

なぜなら力は**意志**とはまるで異なるからだ。力は、どのようにしてかはわからぬが、かなたからやってくる。一方わたしたちの意志は自分自身のものだ。

自身のなかにあるもの、つまりおのれの自我の一部を誇りに思ったりすると、人間は慢心に陥る。慢心は影のように劣等感をともなう。

人間なり民族なり国民なりは、ともあれひとかどの存在たらんとするなら、自身の力はかなたから自身のもとへやってくることを認める度量を持たねばならない。力は自身のなかで生成されるものではない。電気と同じく、どこからともなくやってきてどこかへ消えてゆくものだ。

力を合理的に解釈しようとしてもむだだ。議論や合理化をしようとしたところで、ことごとく心の通路をふさぐだけだ。つねに自分の心は開いておきたい。ゆえにわたしたちは議論や知的問答を一蹴する。

知性は精神《プシケ》のすこぶる奇妙な機器だ。だが意志と同じく一つの機器にすぎない。意志の要求のもとでのみ作用する。

わたしたちは意志を働かせ知性を働かせ、当面なしうることをすべてしてきた。今はただ疲れ果てており、しかもさらに意志と知性を無理使いして、生命――つまり活気、生きる力――をなくしている。もう絞り弁《スロットル》から手を離すときだ。自分が何をしているかをよくわきまえ、揺るがぬ心でこれからどうすべきかを決めねばならない。

絞り弁から手を放すのは手綱を放すのと同じではない。

人間は生きるために生きるのであり、ほかに理由はない。人生とは単に日々を送ることではない。人生にどこまでもしがみついたあげく、醜い老いを迎える者が多いが、それはまさに生きることなきまま現在にいたり、人生から手を放せずにいるからだ。

わたしたちは生きねばならない。生きるためには、生命が自己内部になければならない。

その生の力が自分のもとへ来なければならない。生の力を締めつけようとしてはならない。

かなたからわたしたちのもとへ生命が、生きる力がやってくるのだ、知恵を働かせて自身の心を開いておかねばならない。

ともあれわたしたちが生きぬ限り、生命は生まれない。そこが要点だ。〝持てる者にこそ与えられん〟［「マタイによる福音書」第十三章第十二節および第二十五章第二十九節参照］。生命を持てる者にこそ生命は与えられん。むろん真に生きていればの話だ。

繰り返すが、人生とは単に日々を送ることではない。気の毒にもヴィクトリア老女王(1)は長く日々を送ったのみだ。だがエミリー・ブロンテ(2)は生命を具えていた。そうして生命あるゆえに死んだ。

また繰り返すが、〝生きる〟とは何かの行動に出ることではない。女につきまとったり、庭造りをしたり、エンジンをかけたり、国会議員になったりすることではない。バイロン卿(3)にとって、〝王冠を戴く者〟と寝ることが生そのものだったが、だからとてわたしにとっては、王位にある者と、いや王位にない者とでも、ともに寝ることが生というわけではない。ともあれ高位の人間と寝るというのは冗談ごとではない。生きることの本質は、大方の人々の場合におけるように、ジャズを楽しんだり、車を運転したり、ウェンブリーのサッカー場へ行ったりするところにあるのではない。自身が心から命をかけてやりたいことを、すなわちこれがやりたいらしいと自身の自我が想像することではなく、自身内部の生命がやりたがっていることをやるところにある。また、自身内部の生命がどのように生きられたいと望んでいるかを知ること、およびその望みどおり生きることは、すこぶる難しい。誰かに手がかゆえにレーニンのごとき存在など、なんの益ももたらさない。わたしたちの内部の生命をた。長くたずさわってきたので、もはやべつに心躍るようなこともない。

だがわたしたち、すなわちイギリス人やアメリカ人やフランス人やドイツ人にとっては、おままごとではすまされない。わたしたちは長きにわたり、多少とも自力で家計を支えてき当然ながら楽しんでいる。さしあたりはおままごと《ゲーム》だ。

今やお父さんやお母さんにじゃまされぬまま、子どものように自分で家事にはげんでいる。

分で家事を取り仕切りたくてたまらなかった。

なくなった子どもさながらの状況にあった。だから自由になろうと死にもの狂いだった。自

アの生命を大きく突き動かした。ロシアのプロレタリアは、強く抑えつけられて動きの取れ

うるかどうかを問うべし。ところで、認めづらいことだが、レーニンはロシアのプロレタリ

おのれの人民に命令を下すことで、貨幣を流通させうるかどうかではなく、生命を発動させ

レーニンか、ムッソリーニか、プリモ・デ・リベラか[4]、ともあれもし独裁者が必要なら、

以上のことは**意志**とは大きく異なる。

だ。第二に、力の行使は生命を突き動かすことだ。

それによって二つの要点がはっきりする。第一に、力はわたしたちに押し入ってくる生命

さて、以下に述べることが真の力の行使だ。

りを与えてもらわねばならない。

突き動かしたりはしない。

ガリア[5]やラテンの血は、家事にはげむことでは騒がない。求めるのは**栄光**、あるいは**栄光**だ。馬上の**栄光**、でなければ転覆された**栄光**だ。フランスにしろイタリアにしろスペインにしろ、覆すべき**栄光**があるなら、共産主義は栄えるかもしれない。だが吹き消すべき一閃の**栄光**もない――アルフォンソ[6]！　ヴィットーリオ・エマヌエーレ[7]！　ポワンカレ[8]！――のだから、息を吹きかけてなんになろう。

そこでかの国々の人間は、だぶだぶのズボン姿のパパ・ムッソリーニに卑小で無害な**栄光**を認め、リベラ将軍にもうぬぼれ屋だが愛想のよい小太りの兄貴としての栄光を認めた。そうしてその栄光を力と呼んでいる。民主主義陣営はあきれたように両手を上げ、「独裁者だ！　専制政治だ！」とうめくようになじるが、保守陣営は喝采し絶叫する。「これこそ男だ！　まさに男だ！　男《エル・オンブレ》だ！　男《ルオモ》だ！　男《ロム》だ！　ばんざい！」

くだらん！

わたしたちが求めているのは生命だ。生の力だ。自身のなかに生の力を感じ取りたいのだ。物腰柔らかく、愛想がよく、無害なるものにはうんざりする。楽しい思いをすることにさえ心底あきた。わたしたちは自身の存在がいささか恥ずかしい。そうでないなら、そうであるべきだ。

ともあれ、次はどうすればよいか。まぬけた声を張り上げるのか。「それ！　力よ！　栄光よ！　男のなかの男よ！」――そうして無害なムッソリーニなり小太りのリベラなりを祭り上げるのか？　まあやればよい、やりたければ。わたしたちの現実生活はなんら変わるまいが。ただし、横暴だが無害な独裁者がはいた流行のゴム底靴のかかとに、言論界――新聞社――がふみつぶされるのはよいことだろう。

哀れな老ヒンデンブルク[9]のことは何も言うまい。それにしても、なぜ国民はびっしり釘を打ち込んだ大統領としての木像を立てなかったのか。というのも、実のところその釘で何かの代物を打ち込んだからだ！

我が国はロイド・ジョージ氏[10]なる無害な独裁者を生んだ。また別な人物を同じく仕立てようとするより、下院をもっと働かせたほうがよい。

力だ！　政治すなわち金という現状で、どうして政治に力がありえようか。

金は力なりと言われる。はたしてそうか。力に対する金は、バターに対するマーガリンと同じだ。すなわち安物の代用品。

違う、力とは手に入る前から敬うべき、いや崇めさえすべきものだ。親分づらをしたり、弱い者いじめをしたり、従僕を雇ったり、社会的下級者を救世軍よろしく救済したり、声高に命令を下して自分勝手にふるまったり、敵を抑えつけたりすることではない。それは力ではない。

力《パワー》とはプヴォワール、すなわち〝〜することができる〟という意味だ。

実行力《マイト》とは何かを作る能力、生まれうるものを生み出す力だ。

力なり**実行力**なり**栄光**なり**名誉**なり**英知**なりを、どこで得ればよいか。

その源はロイド・ジョージか、レーニンか、ムッソリーニか、リベラか、あるいはほかの政治的存在か。

ばかな！　人々のなかになければ、政治の場に出てくるはずはない。

わたしたちは**力**や**実行力**や**栄光**や**英知**を求めていいるのか？

求めているなら、各自が独力で手に入れるべく動いたほうがよい。

だが求めていないなら、このままご機嫌取りの道を歩み、王様さながらの幸せ気分を味わうがよい。


世界はいろいろなものであふれている。

わたしたちはみなきっと幸せなはず、そう、王様たちみたいに。[11]

どの王様のことだろうか。ご注意あれ！
わたし自身は**力**がほしい。だが親分風を吹かせたくはない。
名誉もほしい。だがわたしに与えてくれそうな現実の国家や政府は見当たらない。
栄光もほしい。だが天よ、われを人間全般から救い出したまえ。

実行力もほしい。だがもうすでに具えているかもしれない。

むろん、まず第一になすべきは、**力**や**実行力**や**栄光**や**名誉**の源泉に心を開くことだ。心のどの扉を開けるかは状況によりけりだ。開けるのは謙遜の扉か、矜持の扉か。またはその両方か。そうして何が出てくるのか見ればよい。

望ましいのは両扉を開けて責任を引き受けることだ。だが各扉に守衛を置き、うそつきや泣き虫や下司なやつや欲張りなやつを締め出すべし。

自分がいかに機転が利こうが、いかに金があって賢かろうが、いかに愛が深かろうが、情け深かろうが、気高かろうが、非の打ちどころがなかろうが、自分にはなんの役にも立たない。真の力はかなたから自分のなかへ入ってくる。生命は、わたしたちの目の届かぬ背後から、またわたしたちにはうかがい知れぬ下界から入ってくる。

かなたの世界に従い、見えざるもの、未知なるものから自分の力や実行力、名誉、栄光を得るのでなければ、わたしたちは今後も空っぽのままだろう。寿命は長いかもしれない。だが空き缶でもアレクサンドロス大王[12]より寿命は長いものだ。

ゆえに、矛盾した言い方に思われようが、もし力がほしいなら、自身の意志や自負をひととき忘れ、かなたから来る力を進んで受け入れねばならない。

かなたからの力を自身のなかに取り入れたら、その力に従わねばならない、逆らってはいけない。勇気、自制、内的孤立、力がわたしたちの内部に留まるための条件がこの三つだ。

勇気ある人々のあいだでは、愛の交流よりも先に力の交流があろう。力の交流は愛の交流を締め出さない。逆にそれも含める。愛の交流はいっそう大きな力の交流の一部にすぎない。力は神と人間との至高の本質だ。物事を引き起こす力、生む力、作る力、おこなう力、壊す力。生み出されたり作り出されたりした物事のあいだでは、愛こそ至高の結合関係だ。破壊せねばならぬものを破壊しようと、衝動に駆られて無我夢中で取り組む人々のあいだでは、力の交流のなかで電気の火花さながら歓びが飛び散る。

愛はまさに純然たる一つの関係であり、純然たる関係には平等、またはともあれ均衡のみがありうる。

だが力は一つの関係に留まらない。電気に似ていて、様々な度合いがある。人間は多少とも力が強かったり弱かったりする。どれぐらい違うのか、なぜ違うのかはわからない。だが実際そうだ。力の交流はつねに力に差のある者同士の交流となる。

結局のところ、というより当初から、世界を支配しているのはつねに**力**だ！ 支配という形態はなくてはならない。支配できるのは**力**のみだ。愛は支配できず、すべきでもなく、しようともしていない。〝愛は戦場を宮廷を森《グラブ》を支配する〟(13)という一節はうそだ。そのような愛《ラブ》が〝森《グラブ》〟と韻を踏まねばならぬということからして、それがうそであるとわかる。(14)**力**は今も支配しており、今後も支配し続けよう。なぜならわたしたちをみな創造したのは**力**だからだ。愛の行為そのものが力の行為であり、原罪《オリジナル・シン》と同じく根源的《オリジナル》なものだ。力はわたししたちに与えられている。

あるおこないがなされるや、愛におけるおこないであれ、それは力となる。愛そのものは純然たる一つの関係だ。

だが現代のような、力の神秘や力に対する崇敬の念が消えた時代では、偽りの力が取って代わる。金の力のことだ。これは人間の激しい羨望および強欲にもとづく力以外の何物でもない。ゆえに当然ながら諸国民は日々ねたみ深く欲深くなってゆく。一方、個々人は次第に臆病風を吹かせるようになるが、そんな態度を愛と呼びならわす。ただの臆病ぶりを愛だの平和だの慈善だのと称する。集団としての人々は忌まわしいほど欲深くねたみ深い。

偽りの力、あるいは人間の意志が指図し強化する単なる悪徳の威力、とは一線を画した真の力。この真の力は始めからわたしたちに具わっているのではない。かなたから与えられるものだ。

力の最も単純なかたちである体力でさえ、自身のものとして好きに使えるというわけではない。サムソンが思い知ったとおりだ［「士師記」第十三〜十六章参照］。だが力は各人に対して、程度も種類もさまざまに与えられる。つねに過去もそうであり、未来もそうだろう。力の平等はありえない。不平等がいつまでも続くのみだ。

人間の強欲と羨望の力のみが力となっている今日、世界最高の偉人はフォード氏[15]のような人物だ。自分の車を持ちたいという現代人の飢餓感と呼ぶほかない欲求を満たせるから。あるいは大金融業者のような人物だ。欲望の翼で尋常ならざる高みにまで舞い上がれるし、強欲に霊性をまとわせることさえできるから。

こうした人々は〝機会均等〟を口にする。だがそんなものはいかさまだ、とんでもないお笑い草だ。キツネがコウノトリを食事に招いた昔のおとぎ話と同じだ。食べ物はどれも、これ以上ないほどの均一化を図って浅い皿に載せられ、食べられる物を食べなさいと勧められる次第だ。

自分がキツネなら、生来の金融業者さながらに、腹いっぱい食べたうえになお詰め込む。自分がコウノトリかフラミンゴなら、または人間であっても、自分の鼻先で食べ物がどんどん相手の胃袋に消えてゆき、自分はといえば腹を空かせたままだ。

ならばキツネ、というか金融業者は、万物のなかで最高の動物なのか。くだらん！　なんと〝機会均等〟とやら称してまで平等なる戯言《たわごと》を口にするとは、人類がかつてここまで深く自身を欺いたためしはなかった。

生を営むに際して、わたしたちはみなそれぞれ異なる力、異なる程度の力を具えて生まれてくる。人によって程度の高低の差があるわけだ。なすべきはただその力を堂々と受け入れ、力の交流のなかで生きることだ。内部で力が生き生きしている人に仕えるほうが、自動車のフォード氏やうさんくさいシュティンネス氏[16]との平等を求めて騒ぎ立てるよりも、よろしいのではあるまいか。ふん！　こんな連中と平等とは！　鳥肌が立つ話だ。

フォッシュ元帥[17]のごとき人物になるより、ナポレオンのもとで一大佐になるほうがはるかによかったに決まっている。いや、まったくだ！　ピョートル大帝[18]——偉大な人物だった——を恐れて生きるほうが、同志レーニンのもとでプロレタリアの一員になるより、あるいは同志レーニンになることより、はるかによかったに決まっている。といってもそのレーニンでも、偉大めいて《グレーティッシュ》おり、現存する大富豪の誰彼よりはるかに偉大な存在なのだが。

力はわたしたちを超えたるものだ。未知なる存在から与えられるか、さもなければ縁がないかのどちらかだ。どういうものかまるで知らぬよりは、他者の内部にあるものを触れるほうがましなのが力だ。ロシア人として、ピョートル大帝の不興を買うことを恐れおののいて自殺するほうが、裕福なアメリカ人さながら、**力**の神秘をまるで知らぬ生き方をするよりはましだ。虚無そのものの生。

というのも力こそ最高最大の神秘だからだ。わたしたちの人生すべて、いやそれどころか、わたしたちの存在すべての背後にあるのは力だ。男根の勃起でさえ力の重要な衝動的動きだ。愛は力を動かすと言われる。だがおそらく逆だ。まどろむ力が愛を生み出すのだ。

力は多様なものだ。サムソンの場合のような体力もあり、ダビデ[19]やムハンマド[20]の場合のような民族にまつわる力もあり、ソクラテスの場合のような知力もあり、モーセの場合のような倫理の力もあり、イエスや仏陀の場合のような神聖な力もあり、スティーブンソン[21]の場合のような機械の力もあり、ナポレオンの場合のような軍事力もあり、ピット[22]の場合のような政治力もある。以上はすべて未知なる存在から発せられた真の力の具現化だ。

人間の強欲と羨望という既知の動力から発せられた富豪の力とは違う。

力は世界に新たなものを取り入れる。それはエジソンの蓄音機か、ニュートンの法則か、カエサルのローマか、イエスのキリスト教か、アッティラ[23]が黒こげにした廃墟や焦土かもしれない。新たなものが古いものに取って代わる。ときには前もって場所を空けておかねばならない。

また力は明白なものだ。建設的活動よりも破壊的活動の場合のほうがずっとわかりやすい。木は倒れるときには地響きを立て、伸びるときには音など立てない。

それでも真の破壊力は建設力とまったく同じ力だ。ローマ世界を滅亡へと追い込んだ男、神のふるう鞭たるアッティラ[24]でさえ、力を具えた偉大な存在だった。アッティラは神の鞭であり、国際連盟に金で雇われた鞭ではない。

どうせ鞭をふるわれるなら、神の鞭にしてもらおう。それも力の、いにしえから続く聖なる力の鞭に。聖なる力が表に出てくるなら、アッティラの力であれナポレオンの力であれジョージ・ワシントンの力であれ正しい。だがロイド・ジョージやウッドロー・ウィルソン〔既出〕やレーニンの場合、正しい感じはまるでない。真の恐怖、真の情熱をかきたてることさえなかった。一方、真の力の顕現は情熱をかきたてるし、今後もそうだろう。

再びそうなるべき時が来た。

力ある者は幸いなり、地上の王国は彼らのものなるがゆえに。

【訳注】

（1）一八一九〜一九〇一。
（2）一八一八〜四八。イギリスの小説家。
（3）一七八八〜一八二四。イギリスのロマン派詩人。
（4）一八七〇〜一九三〇。スペインの将軍、独裁執政官。
（5）古代ローマ帝国の属領。
（6）一八八六〜一九四一。スペイン国王（一八八六〜一九三一）。
（7）一八六九〜一九四七。イタリア国王（一九〇〇〜四六）。
（8）一八六〇〜一九三四。フランスの政治家、大統領（一九一六〜二〇）。
（9）一八四七〜一九三四。ドイツの陸軍元帥。ワイマール共和国大統領（一九二五〜三四）。
（10）一八六三〜一九四五。イギリスの政治家。首相（一九一六〜二二）。
（11）スティーヴンソン『子どもの詩の庭』（一九〇五）第十四連「幸せな思い」から。ただし二行目の引用は原文とは少し違う。
（12）前三五六〜三二三。
（13）ウォルター・スコット（一七七一〜一八三二）の物語詩『最後の吟遊詩人の歌謡』（一八〇五）

第三篇第二連から。正確には〝宮廷を戦場を……〟。

(14) バイロンの物語詩『ドン・ジュアン』(一八一九〜二四)第十二篇第十三連にも〝愛は戦場を宮廷を森を支配する〟という引用があり、ロレンスはこの箇所をスコットの詩句と混同している。

(15) 一八六三〜一九四七。アメリカの自動車王。

(16) 一八七〇〜一九二四。ドイツの実業家。

(17) 一八五一〜一九二九。フランス人。第一次世界大戦時の連合軍総司令官。

(18) 一六七二〜一七二五。ロシア皇帝(一六八二〜一七二五)。

(19) ?〜前九六二。第二代イスラエル王(c前一〇一〇〜c九七〇)。

(20) 五七〇〜六三二。イスラム教の開祖。

(21) 一七八一〜一八四八。イギリスの技師、蒸気機関車の発明者。

(22) イギリスの政治家父子。父は一七六六〜六八に、息子は一七八三〜一八〇一、一八〇四〜六に首相を務める。

(23) 四〇六?〜四五三。ヨーロッパを侵略したフン族の王。

(24) 〝神のふるう鞭〟はフン族王アッティラの異名。

ドストエフスキー「大審問官」への序文

D. H. Lawrence

“Preface to *The Grand Inquisitor* by F. M. Dostoevsky” *(1930)*

妙な経験だ、ある書物に対する自分の反応について長い年月を経てから検討するのは。『カラマーゾフの兄弟』を初めて読んだのは一九一三年のことで、魅了されはしたものの、どうも釈然としない点が残ったのを今でも憶えている。当時ミドルトン・マリ〔一八八九～一九五七。イギリスの批評家・思想家。キャサリン・マンスフィールドの夫〕から、こんなことを言われた。「もちろんドストエフスキー作品を読み解く鍵はすべて大審問官の逸話にあるよ」。こちらも言い返した。「なぜだ。あんなのは戯言《たわごと》としか思えないが」

実際そうだった。あの逸話はただ何やらをひけらかした話に読めた――冷笑まじりの腹黒そうな態度を見せつけるばかりの、とにかくいまいましい代物だと。人に冷笑まじりで腹黒そうな態度を取られるといつもかちんとくるし、大審問官が陰気な顔つきでイエスにあんな長口舌をふるう場面など、わたしにはそんなふうにしか感じられなかった。一から十まで見せかけにすぎない、本気で主張などしていない、単に強がって不敬な言辞を弄しているだけだと。

あれ以来わたしは『カラマーゾフの兄弟』を二度読んだが、読むたびにますます気が滅入る作品に思えた。というのも、いやはや、わびしくなるほど人生の実相が描かれているからだ。はじめはおどろおどろしい物語《ロマンス》に見えた。今もう一度「大審問官」の章を読んでみて、心は靴底を突き抜けんばかりに沈んでいる。わたしにはいまだ冷笑まじりの腹黒そうなひけらかしの気味が感じられる。だがその下層から、反駁の余地なき究極のキリスト批判も聞こえてくる。これは苛烈で仮借なき総括だ、人類の長い経験に裏打ちされているので、反駁の余地を与えぬわけだ。現実と幻想との対立だ、幻想とはイエスの幻想であり、一方では時間そのものが現実を武器に切り返している。

大審問官とは誰かと訊かれれば、イワンその人がそうだとこちらは答えねばならない。イワンは反乱者たる人間の思索する精神であり、万事についてぎりぎりまで考え抜いている。そういう存在として、イワンはむろんロシアの思索型革命家にあてはまる。またいうまでもなく、情熱自己や霊感自己とは一線を画した思索自己として、ドストエフスキー自身でもある。ドストエフスキーはイワンを半ば憎んでいた。とはいえともかくにも、イワンは三人兄弟のなかで最大の人物、中軸だ。激しい情熱の男ドミートリイや強い霊感の男アリョーシャは、結局イワンの引き立て役にすぎない。

大審問官がイエスに関する作者自身の結論を述べていることは疑いようがない。その中身は、あからさまに言えばこうだ。イエスよ、汝は社会の不適格者だ。人間が汝を矯正せねばならない。最後にイエスは大審問官に対して、イワンに対するアリョーシャのように黙認の口づけをする。霊感を受けた二者には、当の霊感が現世にそぐわぬものであることがわかっている。深く思索する者がきっちり修正する責任を負わねばならぬと。

賛同するか否かは別にして、ドストエフスキーのイエス批判が決定版である点は認めねばならない。二千年（本人の言では千五百年）にわたる人類の経験と、人間本性に対する豊かな洞察力とにもとづく批判だからだ。人間は自身の本性に忠実たるほかはない。どんな霊感を受けたにせよ、永久《とわ》に自身の限界を超えていられることはない。

ではその限界とは何か。ドストエフスキーがまず放った本質的問いはこれだ。抽象概念としての**人間**ではなく、人々、ただの人々、どこにでもいる人々における本性の限界とは何か。大審問官に言わせると、限界は三点あるという。**人類**の大半は〝自由〟たりえない。なぜなら概して人間は人生に対して三つ大きな要求をしており、すべて満たされなければ耐えられぬからだ。

一、人間はパンを求める。それもただの食糧としてではなく、神の手から与えられる奇跡としてのパンを。

二、人間は神秘を求める、人生における奇跡の感覚を。

三、人間は崇拝の対象たりうる者を求める、あらゆる人間をぬかずかせるような誰かを。

奇跡、神秘、権威という三点の要求をしているゆえに、人間は〝自由〟たりえない。この三点は人間の〝弱み〟だ。パンすなわち奇跡や神秘や権威に対する断固たる要求を控えることができるのは、選ばれたる少数者のみだ。この人々は強者だ、キリストの求めにすべて応じうるキリスト教徒たるには、神々にも似た存在たらねばならない。その他大勢の者たちは、いつの世でも赤子か子供か馬鹿者であり、弱々しすぎ、「無力で邪悪で無価値で、かつ反抗的」［大審問官の言葉。以下も同じ］であり、地上のパンをゆだねられても分け合うことすらできない。

　これが人間本性についての大審問官の要約だ。イエスが不適格者なのは、キリスト教が人間にとって、大多数の人間にとって難しすぎるからだ。その教えを我が物にできたのは少数の〝聖人〟ないし英雄だけだ。残りの人々にとって、人間は引っ張ろうにもびくともしない荷をつけられた馬だ。「さほど人間を尊重しなかったら、汝は人間にさほど要求もしなかっただろう。そのほうが愛に近いのだ、人間の負担が軽くなるから」

　こう見てくると、キリストの教えは理想だが、不可能な教えだ。なぜなら人間本性には耐えられぬほど大きなことを求めるからだ。ゆえになじみやすく役にも立つ計画を仕上げるべく、選ばれたる者の一部たとえば大審問官本人などは、〝彼〟すなわちかのもう一つの大いなる霊たる悪魔《サタン》のほうに向かい、その威光のもとに教会や国家を打ち立てた。なぜなら人間は、ともあれ生きうるためには、イエスに愛された場合よりもっと広い心で、もっとさげすまれて、だがもっと偽りなく愛されねばならぬと、そう大審問官は悟ったからだ。人間は人間自身として、あるべき姿ゆえにではなく、あるがままの姿ゆえに愛されねばならぬと。イエスは人間のあるべき姿を、つまり自由で限界のない人間を愛していた。大審問官は人間のあるがままの姿を、つまり限界だらけの人間を愛した。しかもそんな自分の愛のほうがもっと優しい愛だと熱く説いている。とはいえそれは悪魔だとも言う。悪魔とは絶滅と非在だと、大審問官は冒頭で述べている。

ドストエフスキー作品ではおなじみのように、驚くべき眼識には醜い邪悪が混じっている。純粋なものは皆無だ。イエスに対する激しい愛には、イエスに対するゆがんだ毒々しい憎悪が混じっている。悪魔に対する倫理上の敵意には、つねに悪魔に対するひそかな崇拝の念が混ざっている。ドストエフスキーはつねにねじけており、つねによこしまで、つねに邪悪な思索者であるとともに驚嘆すべき先見者だ。

人間は今もこれからもつねに、奇跡、神秘、権威を求めるというのは本当だろうか。たしかにそうだ。今日では、人間はラジオや飛行機、大型船、ツェッペリン型飛行船、毒ガス、人絹など科学と機械から、奇跡とは何かの感覚を得ている。過去における魔術の場合と同じく、こうした事物で人間は奇跡とは何かの感覚を養っている。とまれ今や人間が奇跡の担い手であり、魔術の力などは存在しない。神秘についても同じだ。薬剤、生物学上の実験、超能力者の奇妙な芸当、心霊術者、クリスチャンサイエンス信者——すべて神秘だ。権威についていえば、ロシアは皇帝を亡き者にしてレーニンと現在の機械的専制体制を打ち立て、イタリアはムッソリーニの合理的専制体制を打ち立て、イギリスは独裁者の登場を待ち望んでいる。

人間本性に対するドストエフスキーの診断は簡明で反論の余地なきものだ。わたしたちとしては甘んじて受け入れ、人間とはそんなものだとうなずくほかはない。パンを分け合うという問題でも、人間はあまりに弱い、またはあまりに罪深いなど、なんらかの理由でそんな行為は無理だということを認めねばならない。全体のためのパンを人間は皇帝なりレーニンなり、なんらかの絶対権威に手渡し、分けてもらわねばならない。それでも大半の者はパンを単なる生存手段とは見なしえない。パンによって人間はまことに生きるべく自らを支えている。真の生は〝天上のパン〟だ。どうも妙なことに、生命が大いなる実在であること、まことに生きれば自分には活気ある生命すなわち〝天上のパン〟が満ちるということ、地上のパンは生を支えているにすぎぬということを、大半の人間は理解できていない。そう、そんな単純な事実を人間は理解しえないし、しえたためしもなかった。パンなり財産なり金なりと活気ある生命との区別ができない。財産や金と活気ある生命とを同じものだと思っている。少数の者、すなわち英雄たる潜在力を具えた者あるいは〝選ばれたる者〟のみが、この単純な区別を理解しえる。大半の者は区別しえず、今後も決してできまい。

ことによると、ドストエフスキーこそ、この身もふたもない真理を悟った最初の人だったかもしれない。キリストも悟っていなかった。ともあれこれは一つの真理であり、ひとたび認識されれば歴史の流れを変えるだろう。とすれば残された手としては、選ばれたる者がパン――財産や金だ――を預かり、まことの生命の贈り物でもあるかのごとく大衆に返してやることのみだ。このようにして人類は幸福に生きてゆけるかもしれない。そうでなければ、金こそ命だ、だから誰にも金を思いどおりにはさせない、人間には自分のほしいものを手に入れる〝自由〟があるはずだなどと、大衆が恐るべき思い違いを犯してしまい、わたしたちは狂気じみた競争を強いられ、あげくに自殺へと追い込まれるはめに陥る。

ここまでは、ドストエフスキーの診断はよろしかろう。ところが、英雄的なキリスト教徒たるなら悪魔の三つの申し入れ［「マタイによる福音書」第四章第一～十節参照］を退けるのではなく受け入れねばならないと、ついに選ばれたる者が悟ったとして、それでキリストを裏切り悪魔側に寝返ったことになるのか。イエスは誇りと恐れゆえに三つの申し入れを断った。申し入れの中身よりも偉大な存在でありたかった、その中身を〝超越〟した存在でありたかった。しかしながら、奇跡や神秘や権威を実際に〝超越〟できる者など、イエスを含めて皆無だということをすでにわたしたちは悟っている。イエスが超越しえたのは金と命との混同のみだ。金は命ではない、だから金のことは顧みず悪魔に任せればよいとイエスは言っている。

なるほど金は命ではない。とはいえ金のことは顧みず悪魔に任せるとは、つまり一般大衆を悪魔の手にゆだねるということだ。なぜなら一般大衆には金と命との区別は無理だからだ。信じがたい話ではある。イエスはそう信じていなかった。さりながら、ドストエフスキーや大審問官が指摘するように、これは事実だ。

となると、ではどうするか。わたしたちは悪魔の側にゆかねばならないのか。ともあれキリスト教の全体像は、悪魔による三つの誘惑を拒否したことにすっぽりおさまるわけではない。キリスト教の真髄は人類愛だ。すべての人間を愛するがゆえに、金と命との区別ができないという大衆の苦々しい限界を受け入れねばならぬなら、きちんと受け入れ、それでこの件を終わらせればよい。次いで金（あるいはパン）や奇跡、カエサルの剣を悪魔から引き継ぎ、人類愛の観点から人々に対して神秘の味を加えたパンを返してやり、奇跡や驚異を示してやり、崇拝の対象として序列の上位にある者を、またさらにその上位にある者をという具合に次々と与えてやればよい。人々にはぬかずくがままにしてやるべし、こぞってぬかずくがままにしてやるべし、なぜなら金と命との区別が理解できぬ大衆は、区別のできる選ばれたる者の前にいつもひざを折って当然だからだ。

これは悪魔に仕えていることになるのか。いや、壊滅と非実在の霊に仕えていることには決してならない。そうではなく人類全体に仕えているのであり、その点ではこれこそキリスト教だ。いずれにしろ、限界の有無という個人差はあれど人間を現在のとおり創った全能の神に仕えるということだ。

ドストエフスキーがひねくれているのは、年老いた賢い人民統治者を大審問官に仕立てた点だ。人間の弱さを見抜いている点は、古代エジプト王《パロ》や古代ペルシア王ダレイオス一世［前五五〇?～四八六］をはじめ、初期キリスト教会から現代にいたる忍耐強い教皇たちまでの、人民の偉大で賢明な支配者すべてに共通する特徴だ。この支配者たちは人間の弱さを知り、ある種の優しさを感じてきた。これが例外なき偉大な統治精神だ。だがスペインの異端審問所の精神はそうではなかった。一五〇〇年におけるスペインの異端審問所は、当時としては新奇な代物だった。スペイン特有の死に対する奇妙な欲求や弱者虐待が目立った。ともあれ厳密にはスペインの政治的道具であり、カトリックとは無縁で、極端に国家的な存在だった。実際スペインの異端審問所は悪魔めいていた。ドストエフスキーが抱いた哀しい問いをイエスにぶつけるような大審問官を生み出すことなど、不可能だっただろう。あんな哀しい問いをイエスにぶつけるような男は、スペインの異端審問官でありえたわけもない。一度に百人も火刑《アウトダフェ》に処すことなどできたはずもない。知恵と洞察力がじゃましてそれは無理だった。

こう見てくるとわかるとおり、ドストエフスキーは癲癇患者ふうにしてどこか犯罪者めいたひねくれぶりを示していた。弱点や限界を抱えた人間に対してある種の優しさを感じる者は、ゆえに悪魔めいてはいない。地上のパンと天井のパンとを区別せよだの、善と悪とを判断せよだのと、イエスは大衆に過大な要求をしたと認識している者は、ゆえに悪魔めいてはいない。善と悪とを区別するのがいかに難しいか、考えてみよ！　なにせときには善たることが悪ともなりうる。凡人になぜそんなことが理解できようか。できるわけがない。非凡人が凡人に代わって理解せねばならない。それはすなわち悪魔側に加わることになるのだろうか。あるいはまた、地上のパンと天井のパンとを区別する難しさを考えて見よ。レーニンはなるほど純粋な人間だったが、強大な権力の座についたのは人々にただ与えるためだった――何を？　地上のパンを。結果はどうだったか。人々が地上のパンを失ったばかりか、地上のパンそのものが小麦産出国ロシアから消えた。実に奇怪な話だ。今日の社会主義者や寛大な思想家は、みな何をしようとがんばっているのか。レーニンと同じく、地上のパンをもっと公平にわけることだ。最もうまく《パル・エクセランス》キリスト教を実践しているこの者たちでさえ、天上のパンと地上のパンとの区別がうまくできない。貧しき者には地上のパンを選んでやるが、そこでまたもや天上のパンは失われる。だが地上のパンも、実際に選ばれるや、またもや消え始める。これは大いなる謎だ。ともあれ今日、キリスト教の熱烈きわまる信者でさえ、やらねばならないのはただ貧しき者に地上のパン（まともな家、まともな衛生設備など）を与えることであり、地上のパン自体が天上のパンだと信じている。だが違う。とくに貧しき者にとっては違う。貧しき者にとって、それでは天上のパンを失うことになる。貧しき者は多数派だ。哀れな者たちよ、今日いかにみなから憎まれていることか！　というのも慈善は憎悪の一形態だからだ。

ならば天上のパンとは何か。各世代が自ら答えを出さねばならない。ともあれ天上のパンとは命であり、生きることだ。生命に活気と歓喜を与えるものはすべて天上のパンだ。地上のパンはあくまで天上のパンの副産物でなければならない。この点が大多数の者には理解できない。だがこれこそキリスト教の、また生命自体の本質を示す真理だ。理解できるのは少数派だ。そんな少数派に責任を負ってもらうべし。

再び大審問官の言葉を引くと、奇跡や神秘や権威を必要とするところが人間の弱さだという。はたしてそうだろうか。奇跡と神秘と権威というこの三つを要求する気持ちは、つねに永久《とわ》に、わたしたちの感情と深く関わっているのではないか。イエスが荒野の試み［「マタイによる福音書」第四章第一節、「マルコによる福音書」第一章第十三節参照］で奇跡を起こすまいとしたにせよ、福音書には奇跡の記録がある。イエスは、地上のパンを与えようとしなかったにせよ、こんなことを述べている。「我が父の家には住処《すみか》多し」［「ヨハネによる福音書」第十四章第二節］。また権威についても、「汝ら我を『主よ主よ』と呼びつつ、何ぞ我が言うことをおこなわぬか」［「ルカによる福音書」第六章第四十六節］と述べている。

イエスがしようとしていたのは、肉体的感情を道徳的感情に取って代わらせることだ。すると地上のパンは、今日における心の磨かれた多くの人々にとってと同じく、ある意味で不道徳な代物になる。これが誤りだと大審問官は見なした。地上のパン自体が奇跡であり、奇跡と関連していなければならない。

なるほどこの点では大審問官は正しい。人間が物を考え生き生きと感じ始めて以来、播種《はしゅ》期と収穫期は奇跡と再生という歓ばしき聖なる二大時期となった。復活祭と収穫祭は地上のパンの祭りであり、また魂の根源にまで達する祭りだ。というのも、この地上のパンは、奇跡としての、年ごとの奇跡としてのパンだからだ。古代宗教はいずれもその点を認めていた。地中海沿岸のカトリック教徒は今でも認めている。これは弱さゆえのことではない。これが真理なのだ。いにしえのロシアに見られた復活祭で歓喜に満ちて接吻を交わす風習は、種の発芽やら新たな地上のパンを得る第一歩やらと密接に関連している。この風習があるゆえに、パンは食べる価値のあるものとなる。この風習がないゆえに、ボルシェヴィストのパンは味気も生命もない。かの国の人々は今や死んだパンを食べている。

地上のパンは天上のパン種で発酵する。天上のパンは生命、親交、自覚だ。種をまくに際して人間は大地や太陽や雨と触れ合う。この触れ合いを断ち切ってはならない。穀物の発芽に気づくなかで、人間は奇跡や驚異や神秘に対する意識に何度でも目覚める——死と冷たい墓の神秘を経験したのち、創造《クリエーション》、生殖《プロクリエーション》、回復《レクリエーション》の驚異に対する意識に。これが聖週間［復活祭前の一週間］の悲しみと復活祭当日の歓びだ。こうした意識の至高状態を、人間は決して、決して自身のなかからなくしてはならない。でなければ自身の最良部分をなくすことになる。また、穀物の刈り取りや取り入れも大地や太陽との親交だ、宇宙との豊かな触れ合い、営みの生き生きした流れの味わい、収穫人たちとの交わり、収穫祭の歓びだ。こうしたことがすべて生であり、生命であり、地上のパンを得るなかでわたしたちが食するのが天上のパンだ。労働とは営み、触れ合い、目覚めという天上のパンであり、そうであるべきだ。これとは違う労働は呪われたるものだ。なるほど労働はつらい。ひたいに汗しなければならない。だがそんなことがなんだろう。かなりの比率で、これが生だ。ひたいの汗は天上のバターだ。

古代エジプト人は長く優れた歴史のなかで右のことを理解していたと思われる。何千年ものあいだ、エジプトの大衆は国家の階層制度のもとで幸せだっただろう。

奇跡と神秘は混じり合い、溶け込み合う。それから第三の存在を忘れてはいけない。権威だ。権威なる表現は好ましくない。警察官には権威があるが、誰も警察官にはぬかずかない。「人々がぬかずく対象」というのが大審問官の言う権威だ。たしかに、人々はカエサルにぬかずく、イエスにぬかずく。大審問官が見抜いたように、人々はパンを手中におさめている相手にまずぬかずくものだ。

パン、つまり地上のパンについては、育って刈り取られているあいだは生命だ。だがひとたび取り入れられ、たくわえられると、商品となる、富となる。すると危険な代物となる。というのも、人々はたくわえを持っているだけで働く必要なしと思うからだ。働く必要なしとは、実のところ生きる必要なしということだ。これこそまことの冒瀆だ。なぜなら生ある限りわたしたちは生きねばならない、なすすべなく朽ちてはいけないからだ。

ゆえに結局のところ、たくわえ、すなわちパンの備え、富を手中におさめる能力も気概もあり、それを再び人民に分け与える者ないし者たちに人間はぬかずく。統治者とはパンの付与者だ。自身のパンをただ返してもらっているにすぎぬことを人々は気づきもしまいと、そう喝破したドストエフスキーの洞察力は見事の一言だ。人々が自身のパンを持ち続けているとき、パンは本人にとってせいぜい石と同じだ——ただぼんやり持たされているだけのこと。だが偉大な授与者から返してもらうなら、パンは再び神聖なものとなり、奇跡の属性を具えて、口当たりよく腹も満ちる。

人間は何よりまず、パンの主《あるじ》にぬかずく。なぜならパンの主は、地上のパンと天井のパンとの違いを知ることで、穏やかに地上のパンを分け与え、しかも一般大衆のためにパンには天上の味をつけてやれるからだ。天上の味をつけることなど大衆自身にはできえない。だから民主制においては、地上のパンは味をなくし、塩はこくをなくし、ぬかずく相手もいなくなる。

ぬかずく相手が必要だというのは、人間の弱さの表れではない。人間の本性であり長所でもある。なぜなら、独りでいるときよりもはるかに大きな生命に触れる機会を得られるからだ。あらゆる生命は太陽に頭《こうべ》を垂れる。だが太陽は一般人にははるか遠い存在だ。一般人としては、その太陽を近くに引き寄せてくれる者が必要だ。統治者が必要だ。すなわち一般人のもとへ太陽を引き寄せ、心にまで入れてくれるような、キリスト教信者いうところの選ばれたる者が。本物の統治者、貴族、生来の英雄の姿を見ると、英雄とはほど遠く、それゆえ太陽をじかには知りえぬ一般人の心にも太陽がもたらされる。

これもまたまことの神秘だ。大審問官が述べるように、選ばれたる者という謎はキリスト教における説明しがたき謎の一つだ。ちょうど統治者、すなわち人々のなかにいる生来の統治者が、時代を問わず人間の説明しがたき謎の一つであるように。わたしたちはこの謎を受け入れねばならない。それだけの話だ。

とはいえ、そうするのは悪魔《ダイアボリカル》めいたことではない。

イワンはあれほど悲劇性を帯びて悪魔《サタニック》めかす必要はなかった。人間について、イワンは当然なされるべき一つの発見をした。というより、十八世紀末ごろまでは広く世に知られていたある事実の再発見だ。当時、人間はみな完璧なものなりという幻想が文明諸国の想像力を捉えていたのだが、それは幻想だった。そこでイワンとしては、いにしえの真理を、すなわち大方の人間には善と悪との区別ができないということを、再び述べねばならない。なぜ区別ができないか。どちらがどちらなのか、重要な場面になればなるほどますます見定めがたくなるからだ。また、大方の人間には生命の価値と金の価値の違いもわからぬという。わかるのは金の価値だけだと。現に生命の価値をもって生きている善良で素朴な人々、やさしく飾り気のないこの人々でさえ、金の観点から価値を評価するしかないと。ならば格別な才能に恵まれた少数者に、善と悪との区別をしてもらい、金の価値に対する生命の価値を確立してもらおう。多数者にはその判断をありがたく受け入れ、階層制度における少数者をあがめてもらおう。そういう事態のどこに邪悪《ダイアボリカル》で非道《サタニック》ところがあるのか。イエスは大審問官に接吻する。ありがとう、あなたの言うとおりだ、賢きお人よ！　アリョーシャはイワンに接吻する。ありがとう、兄さん、あなたの言うとおりだ、あなたはぼくの重荷を取り去ってくれた！　ならばなぜドストエフスキーは大審問官や火刑《アウトダフェ》といった話を持ち出し、イワンをあれほど病める自滅へと追い込まねばならないのか。くだんの真理を再発見したのだと、そう本人たちを歓ばせてやろうではないか。

白楊社刊
一九九九年

D. H. Lawrence

“Democracy” *(1936)*

I　平均人

ホイットマン[1]は民主精神の確立に必要な法則ないし原理を二つ挙げている。簡約すれば次のようになろう。

（一）平均人の法則。

（二）個人主義ないし人格主義《パーソナリズム》ないし固有性《アイデンティティ》の原理。

平均人の法則はよく知られたことだ。この法則のもとに、平等やら社会的成熟やらに関するあいまいな論説が成り立っている。人間の権利、人間の平等、人間の社会的成熟性。かつて世をおおいに鼓舞したこうした甘美な抽象概念は、平均人の度しがたい推論にもとづいている。

平均人とは何か。周知のとおり、そんな生き物はいない。純然たる抽象概念だ。人間を数学の単位に分解したものだ。人間はみな一と数えられる。一単位だと。これが平均人の大前提だ。

この謎めいた**一**、この**単位**、この**平均人**についてさらに検討しよう。形而下の面からの検討だ。平均的人間存在。この小怪物を台に載せ、どんなありさまをしているか見てみよう。

これはただの小さな化け物だ。脚が二本、目が二つ、鼻が一つある――どれもまったく同じだ。胃が一つ、陰茎が一つある。小さな有機体だ。実に複雑な一器官、一単位、一個体《アイデンティティ》だ。

平均人はなんのために存在しているのか。器官であるなら、目的があるに違いない。有機体であるなら、目的があるに違いない。右のように問うのは時期尚早ながら、答えは求められる。口があるからには、食べるために作られている。足があるからには、歩くために作られている。男根があるからには、自分の種を殖やすために作られている。以下、このたぐいのやりとりは続く。

なんと忌まわしくちっぽけな畜生なのだろう、この平均人、この単位、この小人《ホムンクルス》は。とはいえそれなりの用途はある。計算の基準に役立つ。これこそあらゆる平均人の用途だ。平均人は原型であるべく作り出されてはいない。平均人について、わたしたちはなんとこっけいな過ちを犯してきたことか。平均人は比較という作業で一基準の役目を果たすべく作り出されている。メートルやグラムや英貨ポンドなど他の基準と同じく、一基準の役目を果たすべく作られている。そのために存在している――ほかに理由はない。崇められるようにはできていなかった。なんとこっけいな、呪物のとりこになった野蛮人だろうか、わたしたちは。

自宅の大きさを知るために、わたしたちはフィート目盛りの物差しを用いる。このものさしが地球やあらゆる星を支配する帝王の笏だとまでは言わないが、それでも自分たちで発明したこのちっぽけな規格品、平均人、一般人については、そんなふうに言ってきた。愚かこの上ないまねをしてきたものだ。

さて、この偶像からめっきをはがして、正体はどんなふうか、わたしたちは何ゆえにこういう代物を求めるのかを探ってみよう。これはメーターやフィート差しと同じく、数量の尺度だ。人間が頭のなかで勝手に設けた基準にほかならない。この点を明らかにしておこう。

ともあれ人間の頭はおのが目的のためにこんな基準を設けている。たしかに。その目的は何か。必要とあれば生ける人間を別の生ける人間と比べることにすぎない。ちょうどヒツジの脚肉とキーツ(2)の詩とを比べるべく、金銭が考案されたのと同じだ。金銭自体は何ほどのものでもない。単に人間の欲望を満たすべく勝手に固定された尺度であるにすぎない。わたしたちは尺度と尺度の測定対象とを取り違えているうえ、金銭を自分の欲望の土台にしている。くだらん唯物主義だ。

さて、平均人自身について語ろう。身長は一六八センチ弱だ。だからジョンよ、きみは既製品のぶかぶかズボンをはくことになろう。ああ、きみ《モンシェール》、フランソワ、きみがはくのはぴちぴちズボンだ。平均人には口も胃もあり、一日にパンを九〇〇グラムほど、肉を一八〇グラム余り片づける。だからフリッツ、きみはふつう以上の量を食べているし、エミリーさん、あなたは自分の分を食べきっていませんね。平均人には陰茎もある。だからフランソワ、フリッツ、ジョン、ジャコモよ、きみたちはみな平均年齢に、まあ二十五歳にもなれば、子作りを始めてよい。

どういうわけか平均人はなんとも物足りぬ存在だ。十分には手を加えられていない。今までに仕上げられていなかったのは驚きだ。とまれ、それというのも問題点が混同されていたからだ。どうしてわたしたちに平均人を科学的に築き上げえただろうか、相手は理想像として台座に飾り布をまとって立っていなければならないのに。こいつをすぐ台座から引きずり下ろさねばならない。平均人は理想像などではまったくない。ただの一基準だ。標準服や標準靴がからだに合い、標準パンが胃になじみ、標準灯に目の前を照らされ、〈標準《スタンダード》オイル社〉にせっせと石油を精製してもらっている存在だ。政府の制定する度量衡法の規制を受けている。

ただちに完成せねばならない、平均人、常人、凡人を。高さ、幅、厚みは何センチ。重さは何キロ。食事の量や睡眠時間、労働時間、遊ぶ時間はこれくらい、恋愛したり思考したり議論したりする時間はこれくらい、新聞は何を読み、子どもは何人作ると決めねばならない。誰か早く――どこかの社会経済の教授にでも――完璧な平均人を作り上げて、来週の半ばまでには送り届けてくれぬものか。平均人が今ぜひとも必要だ。

ふつうの人間とはせいぜいこんなところだ――平均人なるこの仕立屋の飾り人形は。世にいう平等の雛型であり肖像だ。人間は今も今までもこれからも平等ではない。ばかげた理想像を好き勝手に決めたりすれば別だが。だがともあれ通常では、人間にはみな、目が二つ、鼻が一つ、胃が一つ、陰茎が一つあるものだ。どんな反対に遭おうが、わたしたちはそう言い切る。通常では、人間はみな腹をすかし、のどの渇きを覚え、眠り、笑い、みじめな心もちに陥り、恋をし、性交をしたくてたまらなくなり、また女からとにかく逃げ出したいと思う。あらゆる人間が肉体的に、機能的に、物質的に、社会的に必要とし欲求しているものを、平均人はまさに体現している。物質的に必要としている。ここが要点だ。平均人は人間存在における物質的必要性の基準だ。

精神性や神秘性に関する必要物はすべて取り除いていただきたい。平均人には無用だ。そのたぐいの代物は平均化できない。胃について言えば、甲の薬は乙の毒たり難い。しかり。平均人の法則は胃にあてはまる。哺乳動物の子は例外なく乳を吸う。ところが、自由で自発性ある自己においては、甲の薬はまさに乙の毒だ。ゆえに平均値を引き出したりなどできようもない。平均値は得られない。全員を毒殺するつもりなら話は別だが。

さて、人間の平等、人間の権利という問題にきっぱり片をつけたい。社会の意味とは人々がともに生きるということだ。人々はともに生きねばならない。そうしてともに生きるために、なんらかの基準、なんらかの物質的基準を持たねばならない。そこで平均人の出番となる。社会主義と現代民主制も出番を迎える。なぜなら民主制と社会主義は、人間の平等すなわち平均人という概念にもとづいているからだ。平均人が人間全体の真に基本的な物質的必要性を代表している限り、この部分はすこぶる理にかなっている。要点は基本的な物質的必要性だ。何度でも繰り返しておく。社会も民主制も、政治国家ないし共同体も、存するのは個人のためではないし、個人のために存してよいはずもない。目的はともに生きてゆくために平均人を作り上げることだ。つまり、共通単位としての平均人の必要に応じて、万人の衣や食、住、労働、睡眠、交接、娯楽に適した設備を作ることだ。そんな共通の必要事項を除けば、すべて各自の判断にゆだねられている。

物質的な生存手段の適切な調整。国家の存在目的はこれだ。ほかの何物でもない。国家は死せる理想だ。国民は死せる理想だ。民主制と社会主義は死せる理想だ。どれもこれも一国民の最低限の物質的必要物を供給する装置にすぎない。ただの巨大なホテルないしはホテルであり、宿泊客はみな日課として何かちょっとした活動をする――くつろいだようすを見せるためにゆったり時を過ごすだけでもよい――こととし、その貢献に応じて自分にふさわしい便宜を得られるわけだ。イギリス、フランス、ドイツ――偉大な国家ながら、もはや重要な意味を持たず、物質面での嗜好が多少とも一致している多数の民のために、大がかりな食物委員会や住宅委員会として存するのみだ。なるほどかつては別の意味もあった。たしかに十七世紀のフランス人は、ヴェルサイユにおいて、石材に華々しく表現されている自らの姿をまだ感じ取っていた。だが人間は集団としての自己表現能力をますます失っている。いや、そうではない、人間における集団的表現が大きく伸びることで、純然たる個人的表現の可能性に向けて歩を進める次第となった。集団性を最高度に発揮しえれば、まことの目的地点として、純粋この上ない個人主義、個人としての純然たる自発性が視野に入る。だがやはりまたわたしたちは手段と目的とを取り違えてしまった。ゆえに烏合の衆の代表者としての大統領は、社会という機械の主要部分であるのに、そうは見なされることなく、理想的存在として崇められている。必要なのは、国家の理念を、いやそれどころか国際主義《インターナショナリズム》の理念をさえ今以上に高く掲げることではない。おこなうべきは、国家主義《ナショナリズム》や国際主義から、理想めかしてかぶせられた飾り布をすっかり剝ぎ取り、無数の人々に住居や食物や輸送手段を提供する物質的装置としての実態を世に示すことだ。住居や食物、輸送手段、交通規則は国ごとにいくらでも違ってよい――大企業ばかりかホテルの流儀さえ国ごとに違うのと同じく。だがそれだけの話だ。人間はもはや政治というかたちで自己を表現することはない。自国の大統領も厳密には最高位の執事にすぎない。これが進化のまことのなりゆきだ。大規模な集団活動も畢竟《ひっきょう》するに純然たる個人的活動を補助するのみだ。企業体についても、その外観は立派だろうが、内部において神聖なところは毛ほどもない。だからドイツ皇帝《カイザー》の言葉はかくも愚かしく聞こえたわけだ。あの皇帝は実のところ超大企業の頭《かしら》だったにすぎない。あの男の神は本人の取り扱い商品のなかで最も耐えられぬ代物だった。純然たる商社もけんかや競争はするだろうが、戦争を始めたりはしない。なぜか。商社は理想に関わる存在ではないからだ。現実・物質にこそ関わる存在だ。戦争を始めて、正義感に浸って無差別殺戮に走るのは理想に関わる存在だけだ。だが実業界が理想に関わる存在を自称し、それらしい行動に出ると、まことに耐えがたい始末となる。

なすべきことは二つある。ただちに国民性から、国や国民、国家、帝国から、いやそればかりか国際主義や国際連盟からも、理想めかした飾り布を剝ぎ取るべし。国際連盟とは、あっさりかつきっぱり言えば、国と呼ばれる様々な企業体の代表者が一堂に会して話し合いをする委員会だ。国家の企業人からなる協議会、役員会であり、それだけのことだ。諸国民の代表——誰がわたしの代表者たりうるか——わたしはわたしだ。他人にわたしの代わりをしてもらうつもりはない。

あなた、閣僚氏よ——あなたは何者ですか。食料雑貨商の頭目、ホテルの大支配人、船舶や鉄道の監督官だ。それ以外の何者だろうか。最高位の商売人だ、太鼓腹も同じ、人に取り入ろうとする態度も同じ、何もかも同じだ。政府ってのはなんだろう。大実業家たちによるただの役員会だ。すこぶる役に立ちもする——この仕事を引き受ける志のある者がいたら、まことにありがたい。だが理想にこだわるとしたら！　理想にこだわる政府だと？　なんたる戯言《たわごと》か。理想にこだわるトーマスクック旅行代理店だの、理想にこだわるアシルセア洗濯染物店だのを話題にするほうがまだよい。理想にこだわるアメリカのフォードでさえ、理想にこだわる平均的自動車にすぎない。フォードの社員はホイットマン流の自発的で無頓着な人間ではない。フォード車における検査済みで機能の優れた部品にすぎない。

政治——ってのは何物だ。やはりこれも売買をめぐる特大の商業論争にすぎない——ほかにはありえない。論争するのはまことによろしい。売買はきちんとおこなおう。だが理想にこだわるとは！　理想の政治、理想をめざす政治家だと！　なんとはなはだしい見かけ倒しの愚論か！　理想のセルフリッジ[3]だの、理想のクルップ[4]だの理想のエードシーク[5]だのを話題にしない程度の分別は、わたしたちも持ち合わせている。ならばイギリスやら、ヨーロッパやら、ほかの国々やらの理想を打ち捨てるだけの分別を持とうではないか。わたしたちは男らしくあり、または女らしくあることを心がけ、自分の家をきちんと保とう。しかし、わたしは建物です、イギリスです、小間使いです、民主主義者です、などといったふりをするのはもうやめよう。

政府や国家や国民や国際関係から、理想めかした飾り布を引きはがすべし。赤裸の姿をさらしてやるべし。つまり標準型商品を製造し販売する大企業体という正体を。平均人の彫像を建てるべし。オックスフォード街とトットナムコート通りとの交差点にある店の屋根には、ウールの下着姿の忌まわしい人間の像が載っている。あのたぐいの代物だ。それも怪奇趣味をあらわにしよう。いっそのこと、パンツとシャツという格好をしたあの見苦しい人間の像を借りるべし。太ったやつはドイツ用、やせたやつはイギリス用、中ぐらいのやつはフランス用、ひょろひょろのやつはアメリカ用だ。こうした像が、イギリス下院やフランス下院、アメリカ上院、ドイツ国民議会の入り口を警護しているから、指をさして、各国の首相や大統領におのれの恥知らずぶりをとことん思い知らせてやろう。勢い込んでいる政治家ども一人一人に、世に出回るパンツをはいたおのれの姿を見せてやれ。理想主義者の上院議員や人類の救済者の一人一人に、あんたがえらそうにしていられるかどうかは、国家におのれが提供する下着の質にかかっているということを思い知らせてやれ。もったいぶった熱弁をふるう代議士ども一人一人に、あんたが格好をつけていられるのは新案のズボンつりのおかげだと教えてやれ。

世人が、政府や国民、国際関係、政治、民主主義、帝国などを軽々しく理想化するという状態を乗り越えたときや、自身の集団行動なんぞ、自身の純然たる個人行動にとっての料理人や小間使いにすぎぬことを真に悟ったとき、さらには企業体をついに穏やかな心もちであるがままに受け入れたとき、そうなったときこそ、わたしたちはようやく現実に自由人を通りで目にするかもしれない。

Ⅱ 固有性《アイデンティティ》

ホイットマンが示した真の民主精神確立のための基礎二点を再び挙げてみよう。

(一) 平均人。(二) 個人主義、人格主義、固有性。

平均人は個人主義や固有性よりはるかにおさまりよく、見極めやすい。平均人は一般人、人類という単位と同じものだ。この単位は何よりまず一抽象存在、すなわち人間精神の発明品にすぎない。一般人は、第一に、一つの抽象概念以外のものではない。だが第二に、トムやディックやハリーに適用されることで、実体性や物質性を具えた機能する単位となる。このようにして観念世界が創り上げられてゆく。人間が機械を発明するのとまったく同じく発明されるわけだ。まずは一つの概念がある。次いでその概念は実体化される。つまり作り手が自らの機械を組み立てる。さらに自らの組み立て品を崇めたり、おのれを真の言葉《ロゴス》の代弁者として崇める。このようにして世界あるいは宇宙がロゴスから創り出された。人間が機械やら人類の全理想やらを発明したのとまったく同じように、だ。活力ある宇宙はロゴスからは決して創り出されなかった。だが人間による観念宇宙はまちがいなくそんなふうに創り出された。人間の傲慢な精神が御言葉を発し、その御言葉は神だった。だから今日、この発せられた言葉の肉と血と鉄を有する実体として世界は存在している。これがまさに混乱の源だ。すなわち、人間が創り上げた観念世界が生きた男女に押しつけられる。男女はそうして抽象化され、機能を具えた機械的単位に変えられる。人類の偉大な理想の行き着く先がこれだ——観念的に機能する諸単位の集合体であり、そこに生きた一人一人の男女は存しえない。

理想というのは、どれもみな、どれを取っても、悪魔の策略だ。自発性と創造性に満ちた宇宙《ユニバース》に重ね焼きした抽象性・機械性の高い捏造宇宙だ。平均人や一般人や人類の偉大な理想についてはここまでにしておく。この三件とも人間がわたしたちに仕掛けたつまらぬいたずらだ。とはいえ、つまらぬながら実に役立ついたずらだ――ただ食い物を与えればよいだけなのに、ときにはケーキを、ときにはパイを、ときにはパンを作るといういたずらを仕掛けたりするように、わたしたちがそれを仕掛けるだけならば。

平均人の話題を離れて、民主精神の第二の基礎に目を向けよう。平均人の次元では、料理や食事、睡眠、居住、交合、衣服の問題は解決する。だがホイットマンは自身の民主精神の格調を高めることにこだわった。民主精神を料理や食事や交合の水準に留めておく気などなかった。わたしたちが料理するのは物を食べるためであり、物を食べるのは眠るため、眠るのは家を建てるため、家を建てるのは子どもを無事に産み育てるため、子どもを育てるのは服を着せてやるため、服を着せてやるのは子どもにも昔ながらの循環をおこなってもらう、すなわち料理、食事、睡眠、居住、交合、着衣という動作を限りなく繰り返してもらうためだ。これが平均人の在り方だ。こんな在り方を管理するのが政府の仕事だ。

しかし、ホイットマンは民主精神を政府よりも、いやそれどころか、公共事業や人類や隣人愛よりも高位に置くことをあきらめなかった。ホイットマン流の民主精神とはいかなるものかは神のみぞ知るところだが――ともあれ、いまだ達成されざる事柄だ。政府どころか**理想**をさえ超えた事柄だ。**理想**を超えた事柄に違いないというのは、いまだ明記されたためしがないからだ。一観念として存在したためしがない。ホイットマンでさえ、繰り返し話題にしながら、せいぜいほのめかす程度で終わった。なおかつ暗示としても、多くは途方もなくひどい代物だ。

平均人にまつわる暗示はすでに聞いた。もうたくさんだ。ここからは個人主義や人格主義や固有性に移ろう。暗示のしっぽをつかんで、固有性に取り組むとしよう。

固有性は民主精神とどう関係するのか。政治や政体とはなんら関係ない。隣人愛や人類愛にさほど影響を及ぼしうるわけでもない。いや、待った——及ぼしうる。万物には**同一の固有性**があるとホイットマンは言う。だがその主張は古い教義にすぎない。万物は**至高存在**から発出する。**至高存在**から発出しているがゆえに、万物には**同一の固有性**がある。

まことにけっこう。だがわたしたちとしては、この**至高存在**の様相が気に入らない。一般人に似すぎている。この**至高存在**、この世界霊魂《アニマ・ムンディ》、このロゴスは、たしかに人間の必要に応じて創られた。それはたしかに拡大され威光を放つ平均人だ、人間から抽出され、みじめな軍服姿の兵士に対する認識票よろしく、再び人間にぺたりと貼り付けられたものだ。だがわたしたちが得られているのは、平均人の機能単位の拡大版ではなく、**意識**ないし**精神**という単位の拡大版だ。

平均人の場合と同じく、この同一の固有性は利用の仕方を間違えなければすこぶる役に立つ。ここでの要点は、食物を肉体に与えることではなく、精神ないし意識に与えることだ。わたしたちはみな同一であり、それゆえどんな細かな部分にも他のすべての部分と共通性がある。すなわち、あらゆる断片に**全体**が内在している。すなわち、人間の意識には、例外なくあらゆる他人の意識と同じ本来の価値がある。なぜなら各々の意識が**偉大な意識**の本質的な一部だからだ。これこそわたしたち全員を同一視する**同一の固有性**だ。

理論としては実によい話だ。宇宙を理解するためのすこぶる大きな刺激にもなる。誰もが何から何まで知りたくなるよう仕向けてくれる。前もってありとあらゆることを知っているから、何かを知る努力などするまでもないと、そう思うようにわたしたちを仕向けさえする。意識を拡大するための巧妙至極な手段だ。だが意識を拡大して無限に達したとして、それでどうなるのだ。まさしく神になるのだろうか。頭で万事をわかっている自分は、本当に神聖なる存在なのか。とんでもない。どすんと派手な音を立てて地上に落ちてしまい、無限の理解をしているはずなのに、実は以前となんら変わらぬ人間であると悟るほかない。まったく神聖でもなく超人的でもなく拡大してもいない。自分の意識は自分そのものではない。これが無限の理解という超人的飛躍をするなかで得られる悲しい教訓だ。

こうしてどすんと派手な音を立てて無限の世界から元の自分へと落ち込んだことで、**同一の固有性**は唯一無二の固有性ではないのではと疑わしくなる。ほかにもう一つささやかな固有性があり、首の骨でも折らぬことには自分は逃れられない。**同一の固有性**は平均人によく似ている。これは自分自身でないときの自分のありようだ。自分が何かとてつもなく大きな存在——たとえば**無限者**——だと想像したときの自分だ。意識は実のところ無限の域に到達しうる。が、ちょっと待ちたまえ！　自分の意識はいつもの木に戻り、なじみのリンゴをついばみ、木の葉の陰で眠るしかない。つまりは単に遠足をしただけのことだった。魔法の帽子をかぶっていたわけだ。自身で帽子を作り出し、次いでその帽子に合うよう自分の頭を膨らませた。ところが膨らんだ頭はついに痛みだし、しょせんこいつはなじみの頭じゃないかと悟る次第となる。拡大して無限の宇宙に広がる意識も、夜はくしゃくしゃの髪のもとで眠らねばならない。自分は自分でしかない。自分の精神は自分の木にとまる鳥にすぎない。飛び立ち、あとでまた木にとまり、さえずり、そうして黙り込む。

人間は奇妙な動物だ。何世紀にもわたり、自分を膨らませたり吸い込んだりしており、あげくには無限に大きくも小さくもないような、きっちり元の自分の寸法でよしとせねばならない。人間は悲喜劇ふうだ。あらゆるものになりたいという飽くなき欲求ゆえに、自分はあくまで自分だということをきれいに忘れてしまった。あらゆるものになる——あらゆるものになる。人類の歴史とはこんな自身の内なる狂おしい渇望の歴史だ。自身を拡大し、ヤハウェやエジプトの巨大な神王《キングゴッド》になることもできる。または後世の優秀な民族の例のように、小型望遠鏡を逆から覗いて自分を微細な点にまで縮小し、愛という無限の世界にさまようこともできる。とはいえ、しょせんは狂乱の一報酬、すなわち無限なる報酬を追い求めているのみだ。つかんだと思いきや、手のなかで泡よろしくはじけてしまい、自分としては指を見つめるしかない、そんな仕打ちをする報酬を。お、指がどうかしたかな?

こいつは泡だ、**同一の固有性**なるものは。だがこいつを追い求めるなかで人間は教育される。これは自分の教育課程だ、**すべてのもの**になる機会をつかむこと、意識が拡がることというのは。人間は万事を学ぶ。ただ最後の教訓は別で、泡が自分の手のなかではじけてしまうまで学べない。

最後の教訓？――そうだ、自分の指から授けられる教訓だ、自分自身、ささやかな固有性、ささやかなまことの観念。はじけんばかりの**無限者**や膨れ上がった**同一の固有性**になるより、自分自身になるほうがよい、ずっとよい。

しかしながら、自身のなかにあらゆるものを内包し、すべてを把握しようという情熱、これは人間における根源的な情熱だ。この情熱を満たす手立ては二つある。第一はアレクサンドロス大王流で、力の方式、物質的宇宙を支配する力の方式だ。錬金術師や魔術師が追及していたのはこれだ。悪魔がイエスに荒野の試み［「マタイによる福音書」第四章第一節、「マルコによる福音書」第一章第十二節］で授けてやるぞと言ったものはこれだ。物質界を支配する神秘的にして現実的な力だ。しかも周知のように力は泡だ。つまらぬ泡だ。

だがイエスはほかの流儀を選んだ。すなわち、すべてを得るのではなく、すべてであることだ。あらゆるものをつかんで究極の所有者になるのではなく、究極の受容をしてあらゆるものになることだ。これは結局のところ同じことだ。神王も十字架にかけられた神も同じ泡を、つまりすべてという泡、無限という泡を手にしている。神王は自身の意志と意識を拡大して万物を支配する。十字架にかけられた神は自身の意志と意識を万物と結合する。だが愛による服従はつまるところ、極度な力の拡大と同じく純物質主義へ至る道だ。力による屈服においても、愛による服従においても、一定程度まで魂は学習し、自己実現する。一定程度を超えるとただ中枢から崩壊し、物質的な因果関係の連鎖に陥ってしまう。**力**による専制は力の否定による専制より悪質なわけではない。最高位者による統治は最下位者による統治より破滅的なわけではない。平均人に統治してもらおう、平均人を執事長と呼び、ほのかながらも粘り強く見下してやろう。だがほかならぬわたしたちの自己はまったき状態にしておこう、誰にもつかまれたり知られたりしないほど大きく、中枢から生き生きしていて鋭い状態に。

最後の教訓――固有性は無数にして神秘的であり、どれ一つとして他を把握することは不可能。星と同じく並んで在りうるのみ。最重要の教訓――わたしたちの純なる在り方は、他者との同一性にではなく明確かつ堂々たる単独性にある。同一化や集合化は劣悪な状態だ。不純の表れだ。それは意識の状態、所有の状態にすぎない。

至高存在や世界霊魂、大霊、無限者について語るのは実にけっこうなことだが、いずれも人間の発明品だ。現実界に来られよ。**存在**はどこに見られるか――個々の男女に。**動物**はどこに見出せるか――個々の生き物に。魂はどこに求めるべきか――人間に、動物に、木や花に。至高存在や世界霊魂、大霊に関する他の事柄はすべて単なる抽象概念だ。ずばりこれこそ動物なりというものを見せてみよ！――できはしない。万物を治める力を得ようとすること、ゆえに願望を思考の父とすることは、人間の意志のたくらみにすぎない。荷馬車が馬を産む［本末転倒のたとえか］に等しい話で、さあさあ、ロゴスだ、至高存在だ、なんだかんだと次々に現れる。

ともあれ個人の固有性には二種類ある。どんな工場製の水差しにも、それなりのささやかな固有性があるもので、この点は物質と諸力とのなんらかの機械的な結合の結果だ。こういうのは物質的固有性であり、つまるところ物質的**無限存在**になる。

しかしながら、真の固有性とは現に生きたる自己の固有性のことだ。もし神を探し求めるなら、神が歌声を上げるやぶのなかを、つまり生けるものたちの内部に目を向けよう。生きとし生けるものはもともと単独存在であり、創造的実在の極《ネ・プルス・ウルトラ》致、創造表現の本源《フォンス・エト・オリゴ》だ。なぜさらに先を進もうとするのか。なぜ抽象化し一般化し包括し始めるのか。ほら、もう手中におさめているよ。一つ一つの生きとし生けるものは創造力ある一単位であり、かけがえなく比類もない自己だ。第一に自発性を具えた実在として、一切の法則と無縁だ。自らが自らにとっての法則だ。第二に物質性を具えた実在として、物質界の全法則に従う。だがいかなる生物にも存する第一の自発的自己は、宇宙の物質的法則に対して優位にある。そうして創造の神秘に包まれながら、その法則を利用したり改変したりする。

ゆえに真の固有性とは以下のごときものだ。すなわち不可思議な単独の自己、小さいながら測り知れぬ源泉であり、沸き立って存在となり行動する。分析するのは不可能だ。わたしたちとしては、そこに存するということがわかるにすぎない。これはロゴスとはまったく違う。認識に先立つものだ。万物の源泉であり、自己の核心だ。

人々は溶け込み合って単一存在に変じたりはしない。そんなのは新たな民主主義ではない。そうではなく、各自は個々別々で互いに取り換えの利かぬような、星さながらに輝く単独の固有性を保つ。このありさまは理想というものではなかろう。というのも、現に生きている自己を一個の観念とすることはできぬからだ。かつて個人の〝魂〟を観念にすることができなかったのと同じだ。双方とも観念化するのは不可能だ。観念は現実からの抽出物であり帰納的結果だ。交換不可能なものを概括することはできない。

ゆえにホイットマン流の同一固有性《ワン・アイデンティティ》ないし全体統一存在《ジ・アン・マス》は、真の固有性や存在を恐ろしいほど無化するものだ。わたしたちが全体統一行動を起こした場合、せいぜいよくても、自由な魂の主に奴隷よろしく仕えることができるぐらいだ。逆に悪ければまったくの自己破壊になる。全体統一行動を分相応なところに位置づけよう。社会活動や公的存在、普遍的自己評価、共和主義、ボルシェヴィズム、社会主義、帝国——全体統一存在や同一固有性の異常な表現——に熱狂するのはやめよう。どれもこれも馬脚を現している。わたしたちの民主精神は明快で純粋な自己の単独性に存するものとしよう。そうして全体統一存在など、この自己が自由たるための装置にすぎぬとしよう。自分たちの隣人の世話を焼いてやるのはやめよう。本人が自分の面倒を見る機会を奪ってしまうことになる。それでは本人の自由をとことん奪ってしまうだけだ。

Ⅲ　人格性《パーソナリティ》

おのれの自己をわたしは歌う、素朴で自立した人間を。
それでも民主的なる言葉や一群なる言葉を口にする。(6)

『草の葉』はこんな文言から始まっている。これはホイットマンの全モチーフ、本人流の民主主義のすべてを解く鍵だ。最後までホイットマンは〝自身に対する人間の大いなる誇り〟を歌う。最後までこの男は人格性の歌い人だ。人格性でないとすれば固有性、固有性でないとすれば個人を歌う。また同時に民主主義と一群をも。

ホイットマンの場合、真と偽はお互いつねにすこぶる近い位置にあり、たやすく入れ替わりうるので、わたしたちはほぼ必ず分裂した感情を抱かせられる。ホイットマンにとって最大級の偶像たる平均人のことなど、わたしたちは崇拝したくもない。固有性に心から敬意を表するようになっても、かの大いなる神秘、つまり個々人誰にでも何はさておき厳に存する独特で分割不能な自己に脱帽しているのか、またはいにしえにおける例の大いなる偶像、すなわち真の固有性を呑み込んでしまう至高存在に会釈しているのか、我ながら知るすべもない。

では人格性に話を移そう。〝人格〟とは実際どんな意味を持っているか。人格は辞書には個人としての人間存在と記されている。だが人格なる言葉と個人なる言葉とでは、示される内容は大きく異なる。人格性を有することと個性を有することとは、どこが違うのか定めるのは難しいにせよ、同じではありえない。人格と人間との差はなおさら大きいかもしれない。〝人格たち〟のなかにはおよそ人間とは思いがたい者もいる。

こんなときは語源を見ると役立つ。ラテン語のペルソナとは役者の仮面ないし芝居の登場人物のことだ。この言葉はソナーレすなわち音を発するという言葉と同系かもしれない。個人というのは、分割されておらぬもの、または分割されえぬものだ。存在については定義するまい。定義できえぬものだから。

ともあれ、元来は役者の仮面、または伝えられた音だったものと、〝分割されておらぬもの〟という意味のものとでは、根本的な差があるに違いない。元来の意味は、人格（パーソン）に残っているし、人格性（パーソナリティ）には明らかともいえそうだ。人格とは他者の目に映った者としての人間存在のことだ。人格性とは人《パーソン》からその観客に伝えられるもの、すなわち人間が伝えうる効果のことだ。

よき役者は人格性を身につけうる。が、個性は身につけえない。自身の個性を持しているか、または個性など持していないかのどちらかだ。ゆえに人格性は個性よりずっと表面的、またはともかく短命なものだ。この短命性こそ検討すべき属性だ。

あるアメリカ小説の一節を引こう。「自分の自我《エゴ》にだまされ、わたしは子どもがほしいと思わせられた。ただ男がほしかっただけなのに」(7)。申し分ないほどあけすけでわかりやすい物言いだ。だがこの女性作家の自我《エゴ》と自分《ミー》とはどう違うのか。自我は明らかに第二の自己《セルフ》の一種で、本人が身につけているものだ。一般にも受け入れられている意識体であり、多少とも出来合いのまま代々受け継いできた。この第二の自己は実に有害であり、奥が深くて自発的な真実の自己、すなわち創意豊かな固有性に対してすこぶる不実な指示を与える。

世の中で、自我ないし偽物自己、要するにあらゆる個人が背負っている意識実在ほど有害な代物はない。個人はこれを先行世代からほぼ一括して受け継ぎ、恐るべき重荷の下から自発的自己を引っ張り出すことに半生を費やす。なかでもとびきりたちの悪い重荷は、古くさくて鉛さながらずしりとこたえる先祖伝来の理想だ。つまり個々人はみな首のまわりに碾臼をくくりつけられている〔「マタイによる福音書」第十八章第六節〕し、自ら知ってか知らずか、首に丸太をくくりつけられてもがく野生動物よろしく、首の自由を取り戻すべく長々とがんばるか、または目を見張らせんばかりの派手な色で碾臼ないし丸太を飾りたてる日々を送るか、そのどちらかとなる。

そうして美しく見栄えよく飾られた碾臼が人格性と呼ばれる。紛うかたなき人格性を具えた個人を一瞬でも信頼すべからず。そんな個人は生に対する裏切り者に決まっている。本人の人格性はいわば役者の仮面にすぎない。自意識の強い自我、観念的な自己が誇らしげに歩き回り、つけた仮面を見せびらかしている。自分では気づいていないこともありうるが、とまれその点はどうでもよい。本人は偉ぶっているだけの偽物だ。

観念自己。これが人格性だ。観念を両親として生まれた自己、すなわち観念自己だ。偽りの忌まわしき産物。自身のロゴスから創り出された人間、自身の頭から生まれた人間だ。それが自意識自我、あるいは固定観念や理想を持つ実在であり、役者よろしくどうだと言わんばかりにおのれを誇示する。これが人格性だ。くだんのアメリカ人女性作家に赤ん坊のことをとうとうとしゃべらせた張本人だ。このとりとめないおしゃべりが本人特有の人格のかたちであり、アメリカ男にとってこの女を魅力ある存在にしている代物だ。かの国の男たちは真の存在よりもむしろ人格性や自我を好む。なぜなら人格性や自我は畢竟かなり筋の通ったものだからだ。つまり因果律に従っており、安全で計算が立つということだ。アメリカ男は唯物論者、あるいは力と物からなる物質界の単位というわけだ。

いわゆる観念論者こそがまさしく唯物論者だ。と言っても逆説では毛頭ない。つまるところ観念ないし理想とは何か。それは生物の生き生きしたからだからの抽象物、抽出物、すなわち固定し静止した実在にすぎない。創造性に富む生命の特質は自発的な可変性だ。その特質ゆえに予知不能な未知の諸問題が引き起こされる。だが理想というのは組み立て途中の機械にすぎない。ある者がエンジンにまつわる発想を得て、実際に鉄と銅で作り上げようとする。それとまったく同じく、ある者が人間にまつわるなんらかの理想を抱き、実際に肉と血で築き上げようとするが、それは固定し静止した実在になってしまう。機械とたがわず、理想の**人類**も静止した実在だ。

今日における真の敵を見定めたいというなら、お教えしよう。理想主義だ。この敵の具体例を見定めたいというなら、お教えしよう。人格性だ。この機械よろしき小さな具現物を動かす蒸気が知りたいというなら、お教えしよう。人類愛、公益だ。

かつてわたしたちの場合とは異なる理想や、異なる人格性のかたちや、異なるたぐいの蒸気もいろいろあった。ラムセス二世(8)がどんな人格性の持ち主だったか、どんなたぐいの蒸気がピラミッドを築いたか、わたしたちには見極められない。思うに、ピラミッドが地表にどっかりいすわる物体であることが大きいのではないか。

人類愛は個人に対する温かなまことの愛と同じものか。とんでもない。そんな愛は暖かな一日における月光、忌まわしき反射光だ。人格性は個別存在と同じものか。読者には人格性が単なる仮面であることはわかっている。理想主義は創造と同じものか。くだらん！　理想主義など、過去の偉大な製図工の精神に作成された驚嘆すべき人間機械の設計図にすぎない。神にコンパスを与えて、設計図を調べたうえで描いてもらおう。くだらなくて話にならん！まるで創造はコンパスから始まると言わんばかりだ。ならばカーライル(9)にならって、人間は二股にわかれた大根だと言うほうがましだ[10]。そのほうがコンパス云々にこだわるよりも核心に近づける。

生は二通りに捉えることが可能だ。万物は精神から創られて下へ向かうと見るか、または万物は創意ある核から生じ、外へ向けて古い皮を脱ぎ捨てて花開くと見るか。前者であれば、偉大な**精神**が宇宙を漂う。神、世界霊魂、大霊がコンパスを用いて製図し、感情や自意識の発露さえも含む諸々の事物を一定の尺度に合わせる。もう一方の場合、男や女、動物、植物など生物の不可思議な核から創造が始まる。現に生ける核のみが創造に関わる現実だ。ひとたびこの現実から抽象概念を引き出せば、ひとたび一般論を導き出して普遍実在を議論の前提をすれば、想像に関わる現実から離れて、静止し固定した領域、すなわち機械作用や唯物論の領域に入り込む次第となる。

さてここで、〝魅力ある人格性〟なる例のいわくありげな代物の尾にひとつまみ塩を落として[11]、捕まえてやろうではないか。といっても、こいつは鳥ではない。自意識が強く横柄で全身を羽飾りで飾ったカタツムリだ。カタツムリには塩が効く。わたしたちの花をひとつ残らず食いちぎったのはこのカタツムリだ。もう羽飾りなどに一杯食わされないようにしよう。ともあれこいつの尾に塩を落としてやろう。

わたしたちのいう民主精神は人格性とは無縁だ。理想とも無縁だ。人格性が続々と現れ、手持ちの美しき理想を売り歩くようなら、こちらも連中の手押し車をひっくり返すぐらいの心構えをせねばならない。言っておくが、人間の自己は自己自体に対する法だ。人間本人に対する法ではない、よろしいかな、**自己自体**なのだ。人間は、自身について語る際、自身についての観念を語っている。自身の理想像、すなわち自身の頭のなかで生み出したあのとっぴな超小人《ホムンクルス》だ。人間は自意識を抱いているとき、自身の人格性を商いの具にしているのだ。

現に生きたる自己は、決して一つの観念に仕立てられたりしない。ゆえに理想にはなりえない。ありがたい話だ。よろしいか、謎めいていて、どこを探しても見つからないが、ともあれわたしたちを生命存在として世に送り出す活発な核心が現に生きたる自己だ。これは精神ではない。精神はわたしたちの単なる内面意識だ、精彩ある存在としてのわたしたちから抽出された精粋だ、ちょうど酒類成分たるアルコールが、生きたブドウから抽出した精粋、物質であるように。生存自己は精神ではない。公準とは見なしえない。かなたにある存在を論理展開の前提条件になどできようか。月が天空に現れて、太陽の存在を公準にすべく長々と弁じたてるも同然だ。あるいは母親のスカートにしがみついた子どもが、自分の存在を証明すべく、長々と憎まれ口をきいて母親の存在を公準化しだすのと同然だ。まさにそんなことを過去二千年も人間はせっせとやってきたわけだ。あきれはてるしかない愚行だ。

自己の核心はかなたにある。これを解明しようとするには及ばない。太陽の存在を解明しようとするも同然だ。理想化しようとするにも及ばない。そんなことをしても、しっぽに羽根をつけてぬるぬる這い回るだけだろう、つまり自我と人格性というきらびやかな羽根をつけたカタツムリと化すだけだ。自己の核心は隣人に見せびらかすには及ばない。相手から羽根に塩をかけられるのがおちだ。隣人の生ける魂を救おうとするにも及ばない。よけいなことはやめよ。おのれは全能の神さながらの極楽鳥で、慈愛深きおのがイエスズメの翼に隣人のガチョウの羽根を生やしてやれるつもりか？　どの鳥といえども、自らの羽根は自らで生やさねばならない。全能のドードー[12]ではあるまいし。羽根を生やすところはおのれの翼のみだ。

Ⅳ　個人主義

ホイットマンの民主主義は、言うまでもなく単なる政治体制や統治形態ではないし、社会制度ですらない。そうではなく、新たな生き方を考え出す、または新たな価値観を生み出すという試みだ。諸々の理想による決まりきった気まぐれな支配から人間を解放し、思いどおり自発性を発揮できる状態へといたらせる闘いだ。

そう、一体性《ワンネス》という理想、全人類を均質な全体性へと統一するという理想は廃れた。壮大な希求とは、各個人が自発性に富む単独のかけがえなき自分自身であること、各自がなんらかの名辞のもとにくくられたり、**全体**をなす一単位にされたりは決してしないことだ。

理想と希求とは区別せねばならない。希求は内面から、すなわち未知の自発的な魂あるいは自己から発せられる。だが理想は上部から、すなわち頭脳から押しつけられる。理想は機械の制御さながら決まりきった気まぐれな代物だ。硬直した理想をすべて打ち破り、魂の奥底から湧き上がる希求がそのまま自然に意識へと流れ込むようにすることが、重要な教訓だ。だがこの教訓を会得するには何十億年《エオンズ》もかかるだろう。

わたしたちの生や存在は、中核をなす**神秘**からいわく言い難い現存在へと向かう予測不能な流出物をもといにしている。こんな記述自体が抽象論に思われよう。だがそうではない。むしろ抽象性をとことん除いた一文だ。中核をなす**神秘**とは、一般化した抽象観念とはまるで異なる。各人の内部における最初期にして独自の魂あるいは自己のことだ。現存在は神秘や霊とはなんら関係ない。その逆だ。わたしたちの眼前に存する現実の人間のことだ。そんな人間が不可思議で代替表現不能な**神秘**の化身だという事実。社会生活の大がかりな計画をするなら、すべてこの事実を土台とせねばならない。他者性という事実だ。人間の自己はどれも単独で交換不能で独特なものだ。これが自己についての第一の現実だ。各々自己は独自なものであり、ゆえに比較不能だ。まぎれもなく唯一の創造の源泉だ。ほかの自己、ほかの源泉とは比較できない。というのも、各々が最高の実在ないし創造性に富む実在だという意味で、ほかの自己には理解されえぬからだ。

現に生きたる自己の目的は一つのみ。充実し切った存在たることだ。木が満開の花をつけるように、または鳥が春の美しさを帯びるように、トラが艶やかな輝きを放つように。

とはいえ、この充実し自発性に富む存在となるのは何より難しいことだ。人間の本性は自発的創造性と機械的・物質的活動力とのあいだで釣り合いを取っている。自発的存在は法則にはなんら縛られない。だが機械的・物質的存在は機械的・物理的世界のあらゆる法則に縛られる。人間の本性の半ばは物質界にある。自発的本性はほんのわずか優位に立つ。

自己実現をめざす際、頼みとすべきは自身の希求および衝動のみだ。だが希求も衝動も機械的な自動作用に堕してしまいがちだ。自発的な現実から活気なきというか物質的な現実へ堕するわけだ。わたしたちの教育は例外なくこんな堕落に対する防波堤たるべきだ。

堕落は二重に起こりうる。希求は自動作用のせいで機能としての欲求に変わりがちであり、衝動は自動作用のせいでかたくなな願望あるいは理想に変わりがちだ。人間にとってはこういうありさまが二大誘惑だ。第一の誘惑に陥ると、人間の意志はある機能、ある物質的運動に影響され、ついには全存在がその機能・運動に左右されるようになる。内面意識が固定観念に支配されるように。この自動化した支配力ある欲求がいわゆる渇望だ。力に対する渇望、浪費に対する渇望、自己否定や融合に対す渇望。第二の大きな誘惑は、心中に不動の中軸をすえ、そのまわりで魂全体を動かしたいというかたちで表れる。いわゆる理想主義だ。意志は、なんらかの感覚にもとづく活動ではなく、なんらかの熱望にもとづく活動を志す。また当の活動はある観念ないし理想のもとになされる。魂全体は熱望の勢いに押されて流され、理想を軸に機械よろしく自動的に回転する。

　人間が陥りやすい二大誘惑は以上のとおりで、単独で純粋で自発性に富む存在から、いわゆる唯物主義や自動作用や機械論に染まった自己に堕ちるわけだ。教育はすべてこんな堕落を防がねばならない。またわたしたちも、生きているあいだ魂の自由と自発性を維持すべく、全力を傾けねばならない。人間の魂全体は一つの運動や感情に決して負けてはならず、生命活動は硬直した活動に堕してはならず、固定した方向は一つもあってはならない。

　人生には理想の目標などありえない。理想の目標は例外なく機械論や唯物主義や皆無状態を表す次第となる。つぼみを引き裂いても、これからどんな花が咲くのかはわからない。まず葉が出て、つぼみがふくらみ、次いで開き、そうして花は咲くわけだ。その後、花が枯れて葉が落ちても、次に何が起こるかはやはりわからない。さらに葉が出て、つぼみがふくらみ、花が咲くだろう。この花も創造性に富む未知なる概念の提示物だ。まだ表に出てこぬ花のことをあれこれ考えるのは無理だ、まるで無理だ。咲きたての花を見て、これから咲く花について何か手を打つことはできない。今日の花のことはわかっても、明日の花のことは皆目わからない。物質的・機械的世界に身を置いて初めて、物事を予見し、予知し、予測し、法を制定することが可能だ。

　こうしてわたしたちは新たな民主主義の入門篇を多少とも理解する。人間は自身にとってどんな存在になるのか、いくらか把握する。

次に、人間は隣人にとってどんな存在になるのか。個々人は、何よりまず承知すべき現実として、ただ一人のかけがえなき魂であり、他の魂の観点から予測したり定義したりできないので、数学的に比率を定めることは不可能だ。人はみな平等なりとは言いえない。A＝Bとは誰にも言えない。人はみな不平等なりとも言いえない。A＝B＋Cと言い切ることも難しい。

個々のものが互いにただ一つしかない場合、ほかのものと比べるのは不可能だ。ある人物は他の人物と平等でも不平等でもない。純粋な自己として他人の前に立ったとき、ここにいるのは自分と同じような人間だとか、劣った人間だとか、優れた人間だとか、そうわたしは思うだろうか。思わない。本人が自己自身たる相手と同席しており、自分もまことに自己自身であるとき、わたしが意識するのは一つの存在であり、**他者**なる不可思議な実在のみだ。わたしがいて、別の存在がいる。それが現実の第一篇だ。双方を比較も評価もできない。他者が存在すると、こんなふうに不可思議な認識がなされるのみだ。他者の存在ゆえに、わたしは喜んだり怒ったり悲しんだりするかもしれない。だがとにかく比較という行為は生じない。どちらか一方が自己本来の無欠存在たることをやめ、物質的・機械的世界に入ったとき、初めて比較がなされる。するとただちに平等や不平等という観念が生じる。

こうして民主精神が第一に達成すべき大目的が明らかとなる。各人が自ら進んで自己自身たるべきことだ——男も女も各々が自己自身となり、平等やら不平等やらいう問題はなんら生じない。また誰一人として、他の男や他の女の存在について裁定を下そうとすることはない。

とはいえ、個人に対しては例外なく、誘惑――まことの自己のありかたから自動作用や機械化へと陥る誘惑――が待ち受けているため、真の自己から堕ちたり遠ざかったりしたやから機械化や唯物主義を押しつけられぬよう、個人は一人残らず自身の存在を守る心構えをかたときも忘れてはならない。これは長く終わりなき戦いだ、堕落したる者の機械論や唯物主義に対して魂自身の自由を守る戦いだ。

ここまで述べてきたことは、実のところことごとく人間における完全かつ無欠の本性に関連している。もし人間が完全無欠たり続けようとしさえすれば、万事それでよろしい。法律や政府は必要なかろう。自然に意見の一致がなされよう。諸々の大がかりな社会的共同作業さえ本質的に自発的なかたちで進められよう。

だが言語に絶するほどの野蛮に陥った現状では、人間は自身の自発的で真正な願望と機械的な欲求や熱望とを区別できない。ゆえにまだ法律や政府は欠かせない。それでも将来は、いや現在でも明らかであり、わたしたちは片時も忘れてはならぬことだが、法律や政府は物質界にのみ、すなわち財産、というか財産および生活手段の所有や、人間の物質的・機械的本性にのみ関係している次第だ。

むろん過去には実現すべき理想――友愛や一致団結や平等の理想――があった。様々な階層に属する人々が、特定の友愛集団として一つにまとまる傾向を示し、そうして自らの一体性や均一性や共通目的を独自のかたちで表現した。というのも、均一性や一体性のような数学的理想はむろんこと、いわゆる理想がいかに唯一無二の存在であれ、表現方法は限りなく多様であるばかりか、ときには相矛盾さえするものだからだ。

ゆえにドイツにおける友愛や一致団結ぶりの内容は、フランスにおける友愛や一致団結ぶりの場合と決して同じではなかった。とはいえともに友愛、ともに一致団結だった。人間の魂は、それぞれ同じ理想をめざすときも、歩み方は異なる。つねに異なっており、ついには自発性に富む存在の無欠性が崩れるところまでゆく。それから純然たる機械化や唯物主義が生じると、魂は自動的に回転せざるをえなくなり、地上で最も多様性に富む被造物でさえも全体共通の機械的画一化に陥る。こんな事態がアメリカで見られる。徹底した機械的画一化がなぜ生じるかといえば、均質な存在が自発的に結合するからではなく、自発的な存在が崩壊して無定形状態に陥るからだ。

自身の理想のさらなる実現をめざすなかで、人間は自身の存在の活力ある総体性を台無しにし、純機械的な唯物主義に陥るにいたる。さらには自動式単位として、機械的法則にどこまでも支配されるまでになる。

こうした事態は恐ろしいほど現代民主制にあてはまる――社会主義、保守主義、ボルシェヴィズム、自由主義、共和主義、共産主義、みな似たようなものだ。あらゆる主義を支配する原理は同じだ。人間を観念化された単位、財産所有者と見なす原理だ。人間は財産所有者となって最高の充足感を得られるものだ——実際みな口をそろえてそう言う。多数派を占める無教育な人々が財産を所有すべきだと半数の者が訴える。教育を受けて見識ある人々が財産を所有すべきだと、残りの半数の者が訴える。それだけの話だ。べつに一書を物するまでもない。

以上が種々の理想のなれの果てだ。平等、友愛、一致団結なる理想の最終段階だ。結局あらゆる理想はまったくの唯物主義に行き着く。こうなるのが理想にとっての固有の現実だ。

誰が財産を所有しているかなど、もはやどうでもよい。財産にこだわるうち人間は自己本来の存在を失った。ひとたび人間が総体的本性をなくすや、何にもまさるほど実体性豊かな現実たる財産さえ消え失せる。妙な話ながらも、否定しがたいことだ。ゆえに今や財産はどんどん消え失せている。

その点にこそ希望は見出しえようか。というのも、そんな財産とともに理想の残滓も消え失せるからだ。いつか、どこかで、人間は目覚めて悟るだろう、所有するためではなく活用するためにこそ財産はあるのだと。所有とはいわば精神の病であり、自発性をこととする自己にとってのいかんともしがたき重荷だと。〝わたしの〟や〝わたしたちの〟といったつまらん代名詞は、人を魅する謎めいた力を失うだろう。

人々が財産に対するこだわりを捨てるまで、財産の問題は解決すまい。こだわりを捨てれば解決しよう。自己実現に役立つ程度のものしか人間は必要としない。我が物として乗り回すだけのために車をほしがる個人は、車それ自体と同じくいかんともしがたき自動制御機械だ。

財産を所有したいという欲望や、それと同時に生じるような、他人の財産所有をじゃましたいという欲望に取りつかれなくなったとき、そのときこそ初めてわたしたちは喜んで財産を国家に委譲しよう。国家に所有権を認める現在の方式は、単なる茶番めいた言葉の取り繕いであり、方式の取り換えではない。わたしたちは国家を有限責任会社ではなく無限責任会社にしようとしているだけだ。

未来の首相は一種の執事、商務相は家政婦長、運輸相は御者頭がせいぜいのところとなるだろう。みな単なる使用人頭にすぎず、それだけのことだ。使用人だ。

人間が再び本来のまともな自己たりえれば、物質界をいともたやすく調整することができる。調整は事前の指図などによらず、自発的になされるだろうし、そうならねばならない。そのときまで、こんなことを語っても意味がないではないか。個人の場合であれ、集団の場合であれ、国家の場合であれ、財産の所有についての議論や観念化は、今やことごとく自発的自己に対する取り返しのつかぬ裏切りになる。所有という外来の重荷から解き放たれ、裸で身軽に歩きたい、人間の内から起こるそんな新たな衝動に従うことで、財産がらみの問題策は自然に見出せるに違いない。新たな物質界の行く末をあらかじめ決めようなどとしても、すでにおびただしい数の背骨を折ってきた重荷に、とどめとなるわら一本を付け加えるのが[14]落ちだ。自分の背骨を折りたくないなら、わたしたちは全財産を地面に下ろして、手ぶらで歩くよう心がけねばならない。また、必ずわきに寄らねばならない。わきに寄る者が多ければ、新たな世界に足を踏み入れることになる。人間の新たな世界が現れたことになるわけだ。これが民主精神だ、新たな秩序だ。

【訳注】

(1) 一八一九~九二。アメリカの詩人。
(2) 一七九五~一八二一。イギリスのロマン派詩人。
(3) イギリスの百貨店。
(4) ドイツの鉄鋼・兵器製造会社。
(5) フランスのシャンパン製造元。
(6) ホイットマン『草の葉』(一八五五―九二) 1. "One's Self of I Sing" の冒頭。
(7) 出典不詳。
(8) 古代エジプト第十九王朝の王 (在位前一三〇四~一二三七)。
(9) 一七九五~一八八一。イギリスの批評家、歴史家。
(10) シェイクスピア『ヘンリー四世』第二部、第三幕第二場、三三四~三三五行。カーライルによる引用は、『衣装哲学』（一八三六）第一巻第九章「宗教的裸体主義《アダミティズム》」にて。

（11）子どもにふざけて教える鳥の捕まえ方。

（12）かつてインド洋のモーリシャス島などに生息していた飛べない大型鳥。十七世紀に絶滅した。

（13）原読は presence。

（14）「（限度を超える荷物を背負った）ラクダの背骨を折るには、あとわら一本あればよい」という諺のもじり。

訳者あとがき

本書は、D・H・ロレンス（一八八五～一九三〇）の評論四篇、*Apocalypse*（1931）, "Blessed Are the Powerful: Reflections on the Death of a Porcupine"（1925）, "Preface to *The Grand Inquisitor* by F. M. Dostoevsky"（1930）, "Democracy"（1936）の全訳である。中心となるのはむろん『黙示録論』だが、ほかの三篇も、それぞれ独立した文章ながら内容が相互に関連しているうえ、『黙示録論』の内容を補強ないし要約している面があるので収録した。

『黙示録論』*Apocalypse*

ロレンス最後の著作となった『黙示録論』は、一九二九年一一月から執筆され始め、死の床で完成を見た。初版刊行は没後の一九三一年六月で、『チャタレー夫人の恋人』（一九二八）の場合と同じく、フィレンツェの出版業者ジュゼッペ・オリオリの手で限定販売（七五〇部）された。

訳出の底本には *Apocalypse*（with an introduction by Richard Aldington, M. Secker, 1932）を使用し、適宜 *Apocalypse and the Writings on Revelation*（ed. by Mara Kalnins, Cambridge University Press, 1980）を参照した。

周知のとおり「黙示録」は新約聖書の巻末にある一篇だ。作者については、四つの「福音書」中の一つにも名を冠されたヨハネだとの説もあるが、ロレンスはパトモスのヨハネを作者と見ている。パトモスとはエーゲ海に浮かぶ島であり、時のローマ皇帝ドミティアヌスによってここに流刑の身となったヨハネが、紀元九五年ごろ（訳注・ロレンスは九六年説を採っている）にイエス・キリストの啓示を受けて執筆したとされる。ロレンスにとって「黙示録」とは、強者ローマ帝国による迫害に対する弱者キリスト教徒の怨念の記録であり、未来における復讐の決意書だ。「神に選ばれし者というユダヤ的観念を受け継いだ」弱者たちが、「選ばれし者による最終的な勝利および統治というユダヤ的観念をも受け継いだ」（Ⅰ）というのがロレンスの見方だ。

元来ロレンスは聖書そのものを激しく難じている。「薄っぺらな意味あるいは俗っぽい意味での聖書の死を、わたしたしはいやというほど知らされたので、もはや聖書からは何も得るものを見出せない」と。そんな聖書のなかでも「最もいまわしい一篇は、ふつうに読む限り黙示録だ」（Ⅰ）というのだから、嫌いようも念が入っている。本書では、ロレンスの世界観全般が披露されるなかで、その嫌悪感のゆえんが詳述される。

ロレンスによれば、「キリスト教には二種類ある」という。汝ら互いに愛し合うべしというイエスの教えと、パトモスのヨハネが説くような「卑小なる者たちの自尊を核とする」（Ⅱ）教えと。現代では後者がはるかに優勢になっているが、迫害によって生じた怨嗟にもとづく歪曲された選民思想を抱く民は、本来は凡庸な弱者だ。強い魂を内に宿す精神の貴族たる少数者のみが、イエスの教えを受け止めることができると、ロレンスは言い切る。

愛するとはどういうおこないかという視点から、ロレンスは近代社会の在り方を批判し、真に人を愛するには、孤独に徹しうる個人、すなわち魂の強者たることを唱えた。近代の個人主義は、いわばまがいものの個人を生み出したに過ぎない。本来の黙示録は人々を活力ある宇宙の原理へとつなぐ異教の一篇だったが、その後ユダヤ人作者たちの手で弱者の怨念の記録に書き換えられていったという。

ところでフロイト左派の精神分析学者エーリッヒ・フロムは、長篇評論『愛するということ』（一九五六）において、人を愛するための要点を次のように述べている。

「自分の人格全体を発達させ、それが生産的な方向に向くよう、全力をあげて努力しないかぎり、人を愛そうとしてもかならず失敗する。満足のゆくような愛を得るには、隣人を愛することができなければならないし、真の謙虚さ、勇気、信念、規律をそなえていなければならない」（鈴木晶訳、紀伊國屋書店、五頁）。

しかも、愛することは「生きることが技術であるのと同じく」（前掲書、一七頁）技術だとフロムは言う。現代人にとって愛することが難しいのは、そうした技術を会得する際に、社会構造が妨げているからだと。フロムの恋愛観では、あくまで近代（現代）社会という枠内にあって、人格を磨いた者同士こそが真の愛を育み合えるわけだが、そのためには社会変革を志すことが不可欠だという結論になる。しかも隣人を愛すべきという点からは、キリスト教の教えに従っていることもうかがえる。ロレンスの主張との隔たりはとてつもなく大きい。ロレンスの場合、キリスト教観については既述したとおりであり、近代という概念の意義も根底から疑っている。フロムとロレンスの主張で重なり合う点があるとすれば、人を真に愛しうるには高い壁を乗り越えるべしということか。

前述のとおりロレンスは人間を二種類に区分している。「貴族主義者と民主主義者」という表現も用いられている（Ⅱ）。差別主義とも優生思想とも取れそうな言辞を弄してのことだから、こうした区分を批判するのはもちろんたやすいが、ここまで極端な思考をして初めて、キリスト教の原理をひっくりかえし、近代社会の病をえぐりだし、人を愛することの可能性を探り当てられるという信念の表白と受け止めておこう。ともあれロレンスにおいては、この二種類の人間は互いに交わることはありえないし、精神の弱者たちの意識が変わることもありえない。弱者たちをまとめるのは、レーニンやムッソリーニといった政治指導者にお任せしようというわけだ。なぜなら、個人としては生きられない者たちを扱うのが集団性を事とする概念たる政治だからだ。ロレンスにとって、政治は必要悪であり、レーニンもムッソリーニも、なくてはならない存在だ。

しかし、一般大衆の覚醒化と体系化をいかになしとげるかというのは、思想の左右を問わず二〇世紀知識人のあいだでは一大主題となってきた。ハイデガーがナチスに希望を託したとされるのも、是非は別としてこのことの表れだろう。また、たとえばジェルジ・ルカーチが『歴史と階級意識』（一九二三）で、さらにはジャン＝ポール・サルトルが『弁証法的理性批判』第一巻（一九六〇）で、それぞれ大衆を問題意識に目覚めさせ、そののち有機体のごとき運動形態へとまとめあげるまでの方法について考えた。が、結局はかなわなかった。ルカーチはのちに『歴史と階級意識』の観念性を自己批判し、サルトルは第二巻の執筆を放棄する次第となった。そうした経過を考えると一見して救いのない『黙示録論』の大衆観は、右記三者の取り組みとは趣旨そのものの方向を異にする点はさておき、ロレンスにははじめから人間なるものがわかっていた、という次第になるのか。

そこで、かなわぬことながら天国のロレンスに問うてみたい。「怨」対「愛」、「集団」対「個人」、「政治」対「道徳」、「弱者」対「強者」といった図式を描いて、後者に軍配を上げるのは自身の自由にせよ、現に権力者側に迫害され窮乏生活を強いられている人々に対して、思いを馳せることはないのだろうか。こうした人々を救うのは〝必要悪〟たる政治の仕事であり、自身は個の存在たる道義をまっとうすればよしということか。『黙示録論』の執筆時期やロレンスの死亡時期からすると、悪魔のごとき政治指導者として名が挙がるのがレーニンやムッソリーニのみなのも無理ないながら、もし数年後までロレンスが生きていたら、はたしてヒトラーをも〝必要悪〟の代表なりと認めたのかどうか。また、ロレンスに思想の名に値するものがあるとして、「あれ」と「これ」とを並べて二者択一の手続きを踏むということがあるのか。それとも迷いなく一方を選ぶかたちなのか。もし静止画像のなかに迷いなき一手を打つのみなら、「あれ」と「これ」の双方を俎上に載せ、「あれ」も「これ」も、ないしは「あれ」に続いて「これ」次いで「あれ」再び「これ」というふうに、思いを巡らすことはあるまい。たえず双方に意識を向けつつ、「あれ」の位置から「これ」を見てゆき、「これ」を用いて「あれ」を正してゆく作業を延々と続けるという動力性とは縁があるまい。ロレンス氏よ、さて、どうだろうか。

「力ある者どもは幸いなり」“Blessed Are the Powerful: Reflections on the Death of a Porcupine”

本作は短篇小説・評論の遺稿などからなる *Phoenix* II（ed. by W. Roberts & H. T. Moore, Heinemann, 1968）に収録された。訳出の底本には *A Selection from Phoenix*（ed. by A. A. H. Inglis, Penguin Books, 1971: reprinted 1979）を使用した。

題名は、「マタイによる福音書」第五章にある山上の説教の冒頭部、「心貧しき者は幸いなり」（第三節）のもじりだ。『黙示録論』における「力」論の要約ないし注釈として読みやすい小品。ここでの力とは、（政治）権力のことではなくいわば活力や生命力を指す。自らの内にある意志とも異なり、どことも知れぬかなたから人にもたらされるものだという。この力を体内に留めるには、勇気と自制、内的孤立に耐えうる精神が欠かせない。ゆえに万人に等しく具わっているわけではないとロレンスは述べる。〝悪平等〟は、ないと。レーニンやムッソリーニが束ねる社会の在り方に対して、ロレンスが違和感を抱くのも、そういう理屈からなのだろう（レーニンとムッソリーニとを同次元で語ることの妥当性については、ひとまず措く）。ここで本作の肝というべきくだりを引こう。

人間は生きるために生きるのであり、ほかに理由はない。人生とは単に日々を送ることではない。人生にどこまでもしがみついたあげく、醜い老いを迎える者が多いが、それはまさに生きることなきまま現在にいたり、人生から手を放せずにいるからだ。わたしたちは生きねばならない。生きるためには、生命が自己内部になければならない。その生の力が自分のもとへ来なければならない。生の力を締めつけようとしてはならない。かなたからわたしたちのもとへ生命が、生きる力がやってくるのだ、知恵を働かせて自身の心を開いておかねばならない。(一七三〜四頁)

文学者らしからぬ、あえて直截な、刺激の強い表現を用いたのか。実にわかりやすい。とはいいながら、「人間は生きるために生きる」という文言は、あくまで比喩と取るほうがよかろう。ロレンスとしては、力を具えずして日々を過ごす者を人非人だと蔑みたいわけではなく、「生きる」という言葉に対する自らの定義を示したということだ。真に生きうるか否かは、意識したり活動したりすることとは次元を異にする問題だ。つまり力ある者は、哲学でいう即自たりうるということだ。自らとは別の誰かとの関わりがあって初めて意味を生み出す存在(対自)ではなく、また存在の意味そのものすらあえて考えるまでもなく、ひたすら「存在」することで「生」が成り立ち、しかも無気力な状態とは無縁の人間。したがって政治性とも無縁たりうる。

ドストエフスキー「大審問官」への序文 "Preface to *The Grand Inquisitor* by F. M. Dostoevsky"

本作は評論などの遺稿からなる *Phoenix*(ed. by E. D. McDonald, Heinemann, 1936)に収録された。訳出の底本には前述の *A Selection from Phoenix* を使用した。

いうまでもなく「大審問官」とは、ドストエフスキーの小説『カラマーゾフの兄弟』の第二部第五篇「プロとコントラ」(五)で、イワンが弟アリョーシャ相手に語る自作品に出てくる人物だ。

ロレンスの解釈では、大審問官はドストエフスキーの代弁者であり、イワンが大審問官だという。一般人は奇跡や神秘や権威を求める。真の意味での自由に耐えうるほどの精神力とは無縁だという大審問官に対して、周知のとおりイエスは沈黙を保つ。人間のうち、選ばれたる少数のみが活気ある生命のなんたるかを体得できる。そんな大審問官の主張に一理も二理もあることは、イエスとてわかりすぎるほどわかっているはずだ。それでもなおかつイエスは人類愛を模索した。しかも奇跡という奥の手を使うのも、しまいにはやめたうえで。自分についてきてくれる信者すなわち一般大衆は、ロレンスのいう「力」、あるいは活気ある生命とは縁なき存在だ。この人々をどのように覚醒へと導くか。おそらくは無理だと悟っているおこないでも、あえて試みる者の精神や心理に思いを馳せるのは、まさにすぐれて文学的な作業だ。ロレンスのいう「力」は、宗教色の強い本作では天上のパンと称されている。

ちなみに、イギリスのミステリ作家ピーター・ディキンソン（一九二七〜）の長篇小説『封印の島』（一九七〇）にも、このイエスと大審問官との対決を模したような場面がある。主人公であるロンドン警視庁警部のピブルが、スコットランドの孤島で某教団に身柄を拘束され、教団幹部の修道士から民衆に対する精神的支配の論理を聞かされる。この修道士の主張は、いわば大審問官の思想の大衆小説版だ。本作に対しては一つの注釈として読めるので引いておく。

「我々の用いる技法は至極簡単だ。（中略）囚われの魂を物質の司る世から救い出すに、我々は当の魂をまったく異質な場所へと移してやる。物欲的な肉体に対しては一見して無意味な仕事を課する。（中略）物欲的な精神に対しては一見して無意味な教理を教え込む。（中略）囚われの魂には、日時として表れる時間概念から、我々は縁を切らせる。（中略）そうして必要に応じて随時、苦痛というかたちで過剰な感覚を与える――バビロンではこれは嫌悪療法と呼ばれよう。（中略）きみは神の意志により苦しみを受けよう。自分の意志とは無関係に。神の意志により苦しみから救われよう。自分の意志とは無関係に。食事、睡眠、忍耐、排泄はすべて暗黒のなかでおこなうのだ」（井伊順彦訳、論創社、「5」、一六一頁）

「民主精神」"Democracy"

本作は前述の遺稿集 *Phoenix* に収録された。訳出の底本には同じく *A Selection from Phoenix* を使用した。

ロレンスの執筆時期は一九一九年で、同年一〇月から一二月にかけて、オランダのハーグで刊行されていた雑誌『言葉』に、Ⅰ「平均人」からⅢ「人格性」までが掲載された。題名の"Democracy"は、場合に応じて「民主主義」、「民主制」、「民主精神」と訳しわけた。ロレンスはアメリカ詩人ウォルト・ホイットマンの民主主義精神を慎重に紹介しつつ、反論を展開している。ホイットマンの主張では、結局のところ人間は顔のない存在――平均人――になってしまうと考えるからだ。

人間は同一性ではなく単独性をこそ目指すべしという点が本作の核心だ。連帯では地上の人間たちの結びつきになる。人間は不完全で断片的な存在であり、それゆえ断片同士は全的な結合はできない。人間は何か超越的存在を介しての結びつきが唯一可能なかたちだという。孤独や孤立を否定するというのではなく、単独であることを強調する人間観は、実はモダニズムと密接に結びつく思想だ。ロレンスはジェイムズ・ジョイスやヴァージニア・ウルフほど、モダニズムで視点で捉えられることが多くないが、決して縁が薄いわけではない。

ロレンスはまた、反対すべき概念として、理想主義、人格性、人類愛、公益を挙げている。別な文脈では自我についても白眼視している。自我や人格性を肯定しないのは、一見して意外に思われるかもしれないが、そうではない。ロレンスにとっては活気ある生命の源泉である「力」との内的合一のためには、自我や人格性はむしろ障害となりうる。いずれも「個」性とは異なり、表面的な概念だからだ。表面的な概念は政治性になじみやすい。広義の政治性は、均一性や効率性、同質性などとともに近代社会の本質だ。ロレンスは、フォードの生産形態に代表されるアメリカの物質性ともおそらくは絡めて、近代人というかたちで現れる平均人を次のように評する。

（前略）あらゆる人間が肉体的に、機能的に、物質的に、社会的に必要とし欲求しているものを、平均人はまさに体現している。物質的に必要としている。ここが要点だ。平均人は人間存在における物質的必然性の基準だ。（二一一頁）

二〇世紀前半のイギリス文学者によるアメリカ物質主義批判は、ロレンスの友人オルダス・ハクスリーも各種の評論でおこなっているが、ロレンスの論旨に通じる点では、ハクスリーよりG・

K・チェスタトンの小説を挙げたい。たとえば一九二五年作品の「主としての店主について」（藤澤透訳、『自分の同類を愛した男　英国モダニズム短篇集』井伊順彦編・解説、風濤社、二〇一四）。

本書を作成するにあたり、福田恒存訳『黙示録論』（ちくま学芸文庫）を参照した。戯曲家でもある福田氏の訳文は劇的興趣に富み、黙示録論の情調をよく伝えているが、一つ指摘しておきたい点がある。まず訳書の「6」を一部引用しよう。

さて、副監督（拙訳では大執事）チャールズはアポカリプスについて真の権威ある学者であり、その研究対象については大きな影響力を遠くまで及ぼしている研究家である。（中略）その黙示録注釈の第二巻八六頁にアポカリプスのアンティクライストについて彼はこう書いている。それこそまさに「此の後に起ち上るべき、（中略）暫時は成功、不成功を繰りかえしながら、ひたすら世界の主権を摑まんと目論むこととなったのである。」この預言の正鵠を射ていることは、なんらかの洞察力をもってこの問題に接する学徒と当時の世界大戦の経験をもってそれに接する学徒とにとっては、明白なことである。（九三〜四頁）

福田訳では、「目論むこととなったのである」までが大執事チャールズの文章であるとされ、ロレンスがこれに共感しているように取れるが、実際には「この預言の」以降もチャールズの文章だ。先人の業績には敬意を表しつつ、今後の『黙示録論』研究の一助たればという思いで述べておく。ちなみに、我が国初の『黙示録論』訳（荒川龍彦・塘雅男訳、昭和書房、一九三四）も、当該箇所は福田訳の場合と同じだ。参考までに、「この預言の」以降の原文を挙げておこう。

And though the justness of this forecast is clear to the student who approaches tbe subject with some insight, and to all students who approach it with the experience of the present world war, we find that as late as 1908, Bousset in his article on the "Antichrist" in Hastings' *Encyclopedia of Religion and Ethics*, writes as follows: "The interest in the（Antichrist）legend . . . is now to be found only among the lower classes of the Christian community, among sects, eccentric individuals, and fanatics."

（Robert Hery Charles, D. Litt., D. D., *A Critical and Exegetical Commentary on The Revelation of St. John, vol. II*, Edinburgh: T & T Clark, 1920, p. 86.）

本書の訳出にあたっては、原文の語義になるべく忠実であることを旨とし、いたずらに文飾を施さないよう心がけた。ロレンスが引用した箇所の出典もなるべく明らかにした。

本書の編集作業がスタートしたのは、もう数年も前のことだ。訳者の怠慢ゆえになかなか作業が進まなかったが、ようやく日の目を見る次第となり、感慨が深い。編集部の松永裕衣子氏にはいろいろお世話になった。お礼を述べたい。イギリス・モダニズムの一側面について探究するうえでも、『黙示録論』は必須品目だ。ぜひご一読を。

†著者
D・H・ロレンス（David Herbert Lawrence）
1885年、イギリス中部ノッティンガムシャーに炭坑夫の息子として生まれる。小学校で教鞭をとる傍ら、1911年に長篇小説『白孔雀』を発表。以後、個人と個人との真の連帯の意味を追求して、作家活動に入る。代表作は『息子と恋人』（1913年）、『チャタレイ夫人の恋人』（1928年）など。そのほか、多くの中・短篇小説や戯曲、紀行、評論、詩作品がある。1930年、南仏ヴァンスにて死去。

†訳者
井伊　順彦（いい・のぶひこ）
早稲田大学大学院博士前期課程（英文学専攻）修了。英文学者。編訳書にF・スコット・フィッツジェラルド『パット・ホビー物語』、『世を騒がす嘘つき男——英国モダニズム短篇集2』、サキ短篇集『四角い卵』（いずれも風濤社）など。訳書にG・K・チェスタトン『法螺吹き友の会』、コリン・ウィルソン『必須の疑念』（いずれも論創社）、バーバラ・ピム『なついた羚羊』（風濤社）など多数。英国トマス・ハーディ協会、英国ジョウゼフ・コンラッド協会、英国バーバラ・ピム協会、各会員。

黙示録論　ほか三篇

2019年8月10日　初版第1刷印刷
2019年8月20日　初版第1刷発行

著　者　D・H・ロレンス
訳　者　井伊　順彦
発行者　森下　紀夫
発行所　論創社
東京都千代田区神田神保町2-23　北井ビル
tel. 03（3264）5254　fax. 03（3264）5232
web. http://www.ronso.co.jp/
振替口座　00160-1-155266

装幀／奥定泰之
組版／フレックスアート
印刷・製本／中央精版印刷
ISBN978-4-8460-1857-3